Rou
let
te

18
AutorInnen
schreiben
eine
Geschichte

Herausgegeben
von Carl-Heinz
Dirks und der
11f2/98 JAG
Emden

DIESEL VERLAG
EMDEN

Die Autorinnen und Autoren:

Insa Balssen
Inga Becker
Klaas Burmester
Carl-Heinz Dirks
Björn Fiedler
Jörn Fresemann
Stefanie Haaß
Björn-Ingemar Janssen
Kalle Kilian
Meenard Kunz
Birgit Lau
Bernd Peters
Kristina Pieper
Maike Siebels
Hendrik Smid
Gilda Söcker
Friederike Wendt
Maike Wiltfang

♦

Impressum

Umschlaggestaltung: Maike Siebels
Computertechnik: Björn-Ingemar Janssen
Verlag: DIESEL VERLAG, EMDEN
ISBN 3-934835-00-7
Druck: Libri. Books on demand.
Printed in Germany 2000

Die Klasse 11f2 des Johannes-Althusius-Gymnasiums Emden (Jahrgang 1998/99) schrieb im Rahmen ihres Deutschunterrichtes dieses Buch. Jede Schülerin und jeder Schüler übernahm ein Kapitel in eigener Verantwortung, allerdings der Kritik der Klasse ausgesetzt. Die Arbeit zog sich über das ganze Schuljahr hin, mit großem Schwung zu Anfang, einer Krise zwischendrin, und dem Willen am Ende, das Werk dann auch erfolgreich abzuschließen.

Wir hatten ein sehr nettes Angebot eines Emder Druckers, unser Werk zu sehr günstigen Preisen zu Papier zu bringen. Dann kam aber das supertolle Konzept von LIBRI: Books on demand - Bücher auf Abruf! Und die BUCHHANDLUNG IN DER NEUTORGALERIE übernahm die Grundkosten dafür.

So ist jetzt ein Buch entstanden nach neuesten Methoden des Buchdrucks und Buchhandels: „BOOKS ON DEMAND" - Bücher auf Abruf. Wenn Sie dieses Buch bestellen, wird es gedruckt. Nicht eher. Tja. Die Welt dreht sich. Aber Gutenberg lebt. Noch lange!

Carl-Heinz Dirks

„Hoffentlich erzählt Oma nicht wieder die ganze Zeit von früher," dachte das Mädchen, als sie ihr Fahrrad hinter das Haus gestellt und abgeschlossen hatte. „Ich mag Oma richtig gerne leiden, aber was sie so alles im Kopf hat, ich weiß nicht ..."
Sie klingelte an der Wohnungstür, schon hatte eine muntere alte Frau geöffnet. „Tag, Miramis, komm rein! Schön, dass du deine Großmutter nicht vergisst. Und herzlichen Glückwunsch zum Geburtstag!"
Miramis wurde heute 18.
Hast du denn auch schöne Geschenke bekommen?"
„Ja, Oma. Den Führerschein. Nachher holt Papa mich ab, dann darf ich fahren."
Die Oma schien nicht sonderlich beeindruckt.
Vor zwei Jahren hatte Miramis von der Großmutter ein Amulett bekommen. So eine uralte chinesische Münze, mit einem Loch in der Mitte, und an einer Kette zu tragen. Dazu hatte noch eine uralte Geschichte gehört.

„Weißt du eigentlich, dass wir lange in China gelebt haben? Nein nicht du, aber dein Vater und ich. Wie lange mag das jetzt her sein? Zwölf, nein dreizehn Jahre ... dann musst du da doch auch gewesen sein ... aber das glaube ich nicht."

So war die Großmutter. Sie musste natürlich noch eine passende Geschichte zum Amulett erzählen. Von seiner Zauberkraft. Von den Formeln, die Miramis nie vergessen sollte.

Und jetzt dieses Roulette. Wieder ein geheimnisvoller Gegenstand mit einer bedeutungsvollen Geschichte. Und wieder hörte Miramis nur halb hin. Der Roulettekessel schien sehr alt zu sein. Sie nahm eine der kleinen weißen Kugeln in die Hand, die fühlte sich schön warm an. Sie sah die roten und schwarzen Zahlen, drehte den Kessel, warf die Kugel ein.

Ihr Blick blieb hängen an der grünen Null.

Die roten und schwarzen Zahlen verschmolzen zu einer einzigen Linie.

Die Oma sagte noch etwas: „Miramis, Miramis, hörst du mir zu?"

Dann klingelte es an der Haustür. „Das wird Miras Vater sein," dachte die Großmutter,

„nun, dann muss ich wohl aufmachen!" Langsam stieg sie die Treppe hinab.

Es waren die Sonnenstrahlen, die ein Funkeln in ihren Augen aufblitzen ließen und Miramis aus dem Schlaf rissen. Etwas benommen wachte sie auf und registrierte sofort, dass sie in einem Wald lag, der ihr wie ein Gefängnis vorkam, denn sie war von Sträuchern und Baumstämmen völlig umgeben. Hinzu kamen die dicht aneinander gewachsenen Baumkronen, die zusammen wie eine Art Decke auf sie wirkten und nur gelegentlich ein paar Sonnenstrahlen hindurch ließen.

Sie hatte keine Ahnung, wie sie in diese merkwürdige Situation gekommen war und versuchte, den vorigen Tag Revue passieren zu lassen. Sie erinnerte sich an das seltsame Roulette ihrer Oma, verdrängte diesen Gedanken allerdings sofort, weil sie von Zauberei nichts hielt.

Es gab wirklich keine Erklärung für diese Situation. Miramis wusste, dass sie jetzt nicht in Panik geraten durfte und beschloss,

vorsichtig die Gegend zu erkunden. Und schon nach kurzer Zeit gelangte sie auf einen Waldweg, der für Autos keine Bedeutung zu haben schien. Der Wald strahlte eine äußerst merkwürdige Atmosphäre aus und Miramis wusste sofort, dass irgendetwas nicht mit rechten Dingen zugehen konnte.
Diese Befürchtung wurde schon nach kurzer Zeit bestätigt, da ihre neue Armbanduhr , die sie vorige Woche zusammen mit dem Roulettespiel von ihren Großeltern zum Geburtstag geschenkt bekommen hatte, auf „pm" eingestellt war. Es musste also gegen Abend sein. Allerdings stand die Sonne mittlerweile senkrecht am Himmel und sie glaubte, dass die Uhr für ein paar Stunden stehen geblieben war. Wieder konzentrierten sich ihre Gedanken auf das Roulette, mit dem sie gestern genau um diese Zeit – trotz strengsten Verbotes – gespielt hatte. Diesmal konnte sie den Gedanken nicht so schnell vergessen, und etwas nachdenklich setzte sie ihren Weg fort.

Plötzlich hörte sie Stimmen und versteckte sich instinktiv im Unterholz. Es näherte sich eine Kutsche, die von mehreren Mönchen geführt wurde. Sie hatten mittelalterliche Kutten an und waren sehr klein und äußerst hässlich, wie Miramis fand. Gleich darauf hörte sie einen der Mönche sprechen. Er sprach Englisch, und Miramis hatte Mühe - obwohl sie auf dem Gymnasium durchweg gute Noten schrieb - zu verstehen, was der Mönch sagte. Doch als der Mönch weiter redete, schreckte sie auf einmal energisch zusammen, weil sich dieser über die neuen Pachtverträge von Graf Loncester aufregte, der für seine brutale Tyrannei in England, in längst vergangenen Jahrhunderten, berüchtigt war. So stand es zumindest in einigen Geschichtsbüchern. Miramis erstarrte.

Sie musste sich stark zusammennehmen, um nicht vor lauter Angst, Wut, Verzweiflung und anderen Gefühlen, die jetzt in ihrem Kopf herumschwirrten, laut loszuschreien. Aber sie wusste auch, dass es nicht vorteilhaft sein konnte, mit einer schwarzen Jeans, blauen „NIKE"-Schuhen, einem roten „ADIDAS EQUIPMENT"-Pullover und einer schwarz-weißen Regenjacke von den Mönchen entdeckt zu werden. Also versuchte sie, tief durchzuatmen und still im Unterholz liegen zu bleiben.

Währenddessen gingen ihr viele Gedanken durch den Kopf. Wann würde sie ihre Familie wieder sehen ? Wie konnte sie so plötzlich um einige Jahrhunderte in die Vergangenheit versetzt werden? Und immer wieder die Frage, ob das wirklich kein Alptraum war, der sie hier begleitete?

Sie wartete noch einige Zeit, bis die Kutsche hinter einer Biegung verschwunden war und kroch dann aus dem Gestrüpp hervor. Miramis hatte seit ihrer Kindheit die besondere Eigenschaft, sich aus jeder Lage irgendwie befreien zu können, was ihr des Öfteren den Ruf als unerschrockenes Mädchen eingebracht hatte.

Sie erinnerte sich an alte Stärken und sagte sich, „wo ein Weg hinführt, führt auch einer wieder zurück“ und sie machte sich auf, um zurück zur Waldstelle zu laufen und nach einem Ausweg zu suchen. Nach einer Weile hatte sie die Stelle gefunden, doch wo sie auch suchte, sie konnte nichts Nützliches finden.

Zur Verzweiflung kam jetzt noch ein Hungergefühl hinzu, das ihr zusätzliche Bauchschmerzen verschaffte. Nach kurzem Über-

legen beschloss sie, ein Dorf aufzusuchen und nach Hilfe zu fragen. Ihr war bewusst, dass sie sich mit ihren Klamotten dort nicht blicken lassen konnte, beschloss jedoch, sich diesem Problem später zu widmen. Schnell lief sie zur Straße zurück und schlug die Richtung ein, aus der die Mönche gekommen waren. Die gestapelten Weinkisten ließen darauf hoffen, dass die Mönche in einem Dorf Besorgungen gemacht hatten.
Miramis erreichte nach einiger Zeit einen Hügel, von dem sie einen weiten Blick aufs Land hatte. Endlich spürte sie wieder ein Glücksgefühl, denn in einiger Entfernung konnte sie die rauchenden Schornsteine einer kleinen Stadt ausmachen. Ihr Kleidungsproblem war mittlerweile auch gelöst, da sie mit einer Vogelscheuche, die auf einem Weizenfeld stand, die Klamotten getauscht hatte.
In Lumpen gehüllt traf sie etwa eine halbe Stunde später, bei Dämmerung, in der Stadt ein, die Burnley hieß. Zunächst schien der Ort wie ausgestorben, doch als sie die Stadtmauern durchquert hatte, registrierte sie eine tobende Menge aufgebrachter Menschen

auf dem Marktplatz. Sie standen kreisförmig um ein Podest herum, auf dessen Plattform sich ein großer, bärtiger Mann befand, der mit seiner durchdringenden Stimme auf das Volk einredete, das ihm nach jedem Absatz jubelnde Schreie entgegenbrachte.

Miramis suchte sich ein Versteck, das nah genug war um das Geschehen zu verfolgen. Erst jetzt merkte sie, wie erschöpft sie war, und der Hunger, den sie vor lauter Aufregung regelrecht vergessen hatte, kehrte zurück. Miramis versuchte, dem Redner zu folgen und wusste nach kurzer Zeit, was die Bürger in Aufruhr versetzt hatte. Es schien sich um eine Reihe von Diebstählen zu handeln, die seit einigen Monaten trotz ständiger Bewachung kein Ende genommen hatten.

Der ganze Tumult war allerdings sehr uninteressant für Miramis, weil sie andauernd überlegte, wo sie etwas Essbares auftreiben konnte. Sie schaute sich ein wenig um und sah auf der anderen Seite des Marktplatzes eine Art Bäckerladen, dessen Tür offen stand. Vermutlich hatte sich die ganze Stadt auf dem Marktplatz versammelt. Langsam schlich sie sich an das Gebäude heran und betrat es

mit vorsichtigen Schritten. Sofort krallte sie sich ein brotähnliches Gebäck und aß es auf. Es schmeckte sehr komisch, doch hatte sie solch einen Hunger, dass sie alles gegessen hätte, was man ihr vorgelegt hätte. Zufrieden steckte sie sich das letzte Stück Brot in den Mund, als plötzlich eine Frau den Laden betrat und laut zu kreischen anfing. Sofort eilten einige Männer herbei und stürzten sich auf Miramis. Es ging jetzt alles sehr schnell, und Miramis wurde an den Haaren und mit einigen festen Griffen zum Podest gezerrt, das auch als Richtplatz diente.
Sie hörte , wie man sie als „Outlaw" bezeichnete, und versuchte die wenigen englischen Vokabeln, die ihr in diesem Moment einfielen, zur einer halbwegs verständlichen Erklärung zu formen. Doch eine Frau in solchen Lumpen konnte nur eine „Outlaw" oder schlimmstenfalls eine Hexe sein, und somit hatte das Volk den Sündenbock für die Diebstähle gefunden.
Ehe Miramis sich versah, hatte sie einen Strick um den Hals und schaute dabei in die tobende Menge.

Nie zuvor hatte sie sich so elend und verloren

gefühlt. Es war eine Demütigung höchsten Grades. Sie stand in Lumpen gehüllt vor etwa 500 Menschen, die auf sie einspuckten, an ihren Klamotten rissen und sogar mit Dreck und verschiedenen Gegenständen schmissen. Die Schlinge begann sich um ihren Hals zu schnüren und es konnte sich nur noch um Sekunden handeln, bis der große, bärtige Mann den Hocker unter ihren Füßen weg-treten würde. Dann würde ihr Genick brechen und sie wäre sofort tot. Doch es könnte auch passieren, dass sie noch Stunden an diesem Galgen hängen und langsam und qualvoll sterben würde.

Miramis schloss die Augen, um noch einmal über die Vergangenheit nachzudenken, und natürlich dachte sie dabei an ihre Familie und ihre Freunde.

Da wurde sie schlagartig von einem starken Ruck aus ihren Gefühlen gerissen und spürte, dass sie keinen Boden mehr unter den Füßen hatte. Ihr letzter Gedanke war ihr 18. Geburtstag, den sie gestern gefeiert hatte, und sie merkte plötzlich, wie alles anfing, sich zu drehen.

Miramis wachte auf. Sie lag in einem Bett, und ihr erster Gedanke war: Alles nur ein Traum, du lebst noch. Doch dann merkte sie, dass sie nicht in ihrem Bett lag. Als ihre Augen sich an die Dunkelheit im Zimmer gewöhnt hatten, sah sie auch, dass der Raum absolut nicht nach den Vorstellungen der Menschen ihrer Zeit eingerichtet war.

Genau genommen war das Zimmer überhaupt nicht nach menschlichen Vorstellungen eingerichtet. In der Mitte des Raumes war ein Baumstamm, der, wie ihr schien, durch den Boden hereinkam, um das Zimmer dann wieder durch das Dach zu verlassen. Auch war das Zimmer von der Form her keineswegs ihren Vorstellungen entsprechend: es war nahezu rund. Aber immer wieder kamen ihr die Ereignisse des gestrigen Tages in den Sinn.

Noch jetzt schauderte sie, wenn sie daran dachte, wie knapp sie dem Tod entkommen war, auf welche Art auch immer. Sie versuch-

te den Gedanken zu verdrängen und stand aus dem Bett auf.
Da merkte sie, dass sie statt der Lumpen jetzt eine Art Nachthemd trug. Sie ging um den Stamm herum und fand auf der anderen Seite einen Tisch mit einem Stuhl. Auf dem Stuhl lagen frische Kleider, die sie gegen das Nachthemd austauschte. Die Kleider besaßen alle Grün- und Brauntöne, sie waren aus einem festen aber trotzdem angenehmen Stoff, und unter dem Tisch fand sie ein Paar Lederstiefel. Also vermutete sie, dass die Menschen, die sie aufgenommen hatten, ihr nicht übel gesonnen sein konnten.
Als sie die Runde um den Stamm fast beendet hatte, bemerkte sie eine Art Luke im Boden, die nach dem Öffnen eine Leiter offenbarte, die in ein Geschoss unter ihr führte. Erst jetzt konnte sie sich eine ungefähre Vorstellung der Ausmaße dieses Baumes machen, der auch die größten, die sie je gesehen hatte, um Längen übertreffen musste.
Sie stieg durch die Luke nach unten in ein weiteres Zimmer, das auch leer war. Dieses Zimmer hatte allerdings eine gewöhnliche Tür, die sie auf einen Balkon brachte, von wo

aus sie über eine weitere Leiter wiederum auf festen Boden gelangte. Als sie sich umguckte, sah sie, dass sie in einem ganzen Dorf aus Baumhäusern war, in dem grün gekleidete Gestalten umherliefen, die sie entweder nicht sahen oder einfach nicht beachteten. Aus diesem Grund hatte Miramis genug Zeit, die Bewohner dieses Dorfes genauer zu betrachten. Sie bemerkte, dass sie alle größer als gewöhnliche Menschen waren. Kein einziger von ihnen hatte dunklere als vielleicht hellbraune Haare, und ihre Haut war sehr blass. Was ihr allerdings besonders ins Auge fiel, waren die Ohren dieser Leute, von denen Miramis inzwischen gar nicht mehr glaubte, dass es Menschen seien.
Sie waren alle länglich und liefen sehr spitz zu. Doch bevor sie sich weitere Gedanken über Ohren machen konnte, kam eins dieser Wesen auf sie zu. Es war weiblich, und Miramis vermutete, dass sie die Besitzerin des Hauses war.
„Ah, du bist wach," sagte sie.
Miramis wusste im ersten Moment gar nichts zu entgegnen, sie war so verwundert, dass das Wesen ihre Sprache sprechen konnte.

„Schlaft ihr Menschen immer so lange?"
Miramis schaffte es nicht zu antworten.
„Oh, - entschuldige, dass ich mich nicht vorgestellt habe. Ich heiße Elaine," sagte das Wesen. Miramis bemerkte, dass die Fremde fast mehr sang als redete, und endlich antwortete sie: „Wer bist du?"
Elaine sagte: „Ihr Menschen nennt uns Elfen, wenn ich richtig informiert bin, aber warum weißt du nichts davon? Als wir dich in diese Lumpen gehüllt unweit eurer Stadt fanden, dachten wir, du seiest eine Ausgestoßene, und deshalb haben wir dich aufgenommen."
„Ja, natürlich," sagte Miramis um kein Aufsehen zu erregen, „so ist es."
„Du kannst allerdings nicht bei uns bleiben, da allen Wesen außer den Elfen der Aufenthalt in unseren Städten und Dörfern nicht gestattet ist," sagte Elaine, „deshalb werden wir dich bis zum Ende unseres Waldes geleiten, und von da an musst du selber zurecht kommen."
Obwohl sie bei der Vorstellung, wieder alleine in dieser Welt zu sein, schauderte, bedankte Miramis sich, erleichtert, diese Situation geklärt zu haben. Gegen Abend dann wurde sie

von zwei männlichen Elfen, die eine Art Wache darstellten, zum Waldrand gebracht, wo sie sich verabschiedeten.
Nun stand sie dort, allein und ohne eine Ahnung, was ihr in der Zukunft noch alles bevorstand. Als sie sich gerade dazu durchgerungen hatte, von dem Wald wegzulaufen, hörte Miramis durch das Gras gedämpfte Hufschläge.
Da sie fest davon überzeugt war, dass ihr nicht alle Bewohner dieses Landes oder gar dieser Welt, – über die Ausmaße war sie sich noch nicht im Klaren – so freundlich gesonnen sein konnten wie die Elfen, wollte sie lieber weglaufen. Als sie sich gerade in die den Hufschlägen entgegengesetzte Richtung davonmachen wollte, konnte sie im Halbdunkel hinter einer Hügelkuppe die verschwommenen Umrisse eines Reiters ausmachen, der geradewegs auf sie zuritt. Von panischer Angst erfasst rannte Miramis in die Richtung, in der sie die Lichter der Stadt zu sehen glaubte.

Der möglichen Folgen ihrer plötzlichen Flucht war sie sich natürlich nicht im Geringsten bewusst. Der eben noch gemächlich dahinreitende Reiter raste ihr plötzlich in gestrecktem Galopp hinterher. Miramis beschleunigte ihre Schritte ein weiteres Mal, doch war sie sich zumindest im Unterbewusstsein der Ausweglosigkeit ihrer Lage bewusst. Du hast keine Chance zu entkommen, dachte sie. Dies war gleichzeitig ihr letzter Gedanke.

Miramis wurde grob an den Schultern gepackt und geschüttelt. Sie öffnete die Augen und schloss sie auch gleich wieder, des grellen Lichts wegen, das den Raum erfüllte. Erst beim zweiten Versuch gelang es ihr, die Augen offen zu halten, doch fühlte sie einen immer stärker werdenden Schmerz in ihrem Kopf, als hätte dort ein sehr lautes Rockkonzert stattgefunden.

„Wach endlich auf, du miese Spionin!" sagte eine grobe Stimme.

Miramis richtete sich zu einer halb sitzenden Position auf, was ihr Kopf mit pochendem Schmerz begrüßte. Sie sah, dass sie in einem karg eingerichteten Raum lag, der, wie ihr schien, zum Bersten mit Menschen gefüllt war.

„Rede endlich, du Ratte, oder du wirst unseren Folterexperten kennen lernen!" sagte die Stimme, die Miramis einem großen, bärtigen Mann mit einer langen Narbe über dem linken Auge zugeordnet hatte.

„Ich weiß überhaupt nicht, wovon Sie reden," antwortete Miramis, wobei ihre eigene Stimme dermaßen laut in ihrem Kopf dröhnte, dass Miramis das Gesicht vor Schmerz verzog.

„So kriegen wir nichts aus ihr heraus," schaltete sich eine ältere Frau in das Gespräch ein. „Du merkst doch selbst, du kannst sie foltern wie du willst, sie reden einfach nicht. Und Rogans Heer ist bereits auf dem Weg hierher. Wir müssen jetzt entscheiden, wie wir ihm begegnen sollen."

„Wahrscheinlich hast du Recht," sagte Garth. „Es ist nur zum Verzweifeln: Wir haben doch kaum eine Chance gegen ihn."

„WER ZUM TEUFEL IST ROGAN?" schrie Miramis schon fast, da sie jetzt zusätzlich zu ihren Kopfschmerzen eine langsam aufsteigende Wut verspürte.

„Als ob du das nicht wüsstest," sagte Garth, „du gehörst ihm doch."

„Ich gehöre niemandem, und außerdem kenne

ich weder euch noch diesen Rogan! Ich will nur weg von hier!"
Wohin sie wollte, behielt Miramis allerdings für sich, da sie keine Lust verspürte, noch einmal vor einem Galgen zu stehen.
„Vielleicht weiß sie wirklich nichts," bemerkte die Frau, „sie sieht nicht wie eine von Rogans Leuten aus. Außerdem ist sie intelligenter – und zu gepflegt," fügte sie hinzu. „Und genau genommen: ob wir sie jetzt töten ist egal, hier kann sie keinen Schaden mehr anrichten. Also würde ich vorschlagen: sie muss bleiben bis alles vorbei ist."
Miramis wusste ganz genau, dass dies nicht das war, was sie wollte, doch genauso klar erkannte sie die Ausweglosigkeit ihrer Lage, und so beschloss sie zu gehorchen.
„Was hat dieser Rogan vor? Warum greift er euch an?" fragte Miramis die Frau, die offensichtlich besser auf sie zu sprechen war als Garth.
„Rogan war schon immer kriegerisch," begann die Frau, „und unsere Stadt hat seit je her Erfinder und Magier beherbergt. Und das ganze Wissen, das sich mit der Zeit hier angesammelt hat, will Rogan erobern um damit

das ganze Land zu unterwerfen. Wir haben dies Wissen nie für solche Zwecke genutzt, sondern nützliche Dinge geschaffen. Wir haben sogar eine Uhr erfunden, die die Zeit nicht mit Hilfe der Sonne, sondern mit Zeigern anzeigt, die von Zahnrädern angetrieben werden."

„Klasse, ich hab ein Auto," dachte Miramis, versuchte aber, da die Frau sehr stolz zu sein schien, erstaunt zu gucken.

„Ich weiß," begann die Frau wieder, „man glaubt es erst, wenn man es sieht."

„Aber Rogan," unterbrach Garth sie, „will das alles zerstören. Er will nur das Kriegspotential. Um das zu erreichen, hat er sich sogar mit den Orks verbündet. Und nun ist er im Anmarsch und wir sind auf eine Belagerung kaum vorbereitet."

„Aber warum flieht ihr nicht einfach?" fragte Miramis verblüfft.

„Weil dies Wissen in Rogans Händen so oder so unser aller Ende bedeuten würde. Deshalb müssen wir kämpfen."

In diesem Moment flog die Tür auf und ein Junge stürzte herein. Er war so außer Atem, dass er kein Wort hervorbrachte. Nach kurzer Verschnaufpause sagte er nur: „Rogan!"

Garth sprang sofort durch die Tür und fing schon nach wenigen Metern an, Befehle zu schreien. Auch die Frau erhob sich und verließ hastig den Raum. Miramis ließ den keuchenden Boten zurück und folgte der Frau. Im Inneren der Stadt bot sich ihr ein heilloses Durcheinander. Überall rannten Soldaten umher, die über Steintreppen auf die Wehrgänge liefen.
Das Erste, was Miramis ins Auge stach, war ein wirklich großer Turm mit einer goldenen Uhr. Nach einem kurzen Augenblick des Staunens wollte Miramis auf den Wehrgang gehen. Oben angekommen bot sich ihr ein Bild, dass sie vor Schreck zusammenzucken ließ: Ein riesiges Heer wälzte sich wie eine schwarze Masse über die Ebene vor der Stadt. Ein Soldat, der über den Wehrgang rannte, schrie ihr zu, sie solle zu den anderen Frauen in den Innenhof gehen.
Da Miramis wusste, dass sie den Soldaten eh keine große Hilfe sein konnte, tat sie, wie ihr geheißen war, und lief die Treppe hinab in den Innenhof. Dort sagte eine Frau ihr, sie könne

sich mit um die Verletzten kümmern, wenn es so weit sei.
Also setzte sich Miramis auf eine Holzkiste und wartete. Es kam ihr wie eine Ewigkeit vor, bis sie plötzlich ein markerschütterndes Geschrei hörte, das sie aus ihren Gedanken riss.
Das Tor erbebte unter einem sehr harten Aufprall. Die Wachen überschütteten die Angreifer mit Pfeilen und Teer, doch immer wieder hörte man den Aufprall, und dann plötzlich brach der gewaltige Riegel des Tors und ein Flügel stürzte zu Boden. Mitten in diesem tosenden Lärm hörte Miramis das Schlagen einer Kirchturmglocke. Als sie sich umdrehte, erblickte sie die riesige Uhr, die gerade „12" anzeigte.
Das Letzte, was Miramis sah, waren riesengroße grüne Gestalten, die durch das Tor strömten, dann wurde sie von Dunkelheit umhüllt.

Als Miramis ihre Augen öffnete, fühlte sie sich, als wäre sie aus einem tiefen Koma erwacht. Ihr Körper hatte nichts mehr von seiner gewohnten Wendigkeit. Zu diesem Zeitpunkt ließ er sich eher wie eine träge Masse Fleisch beschreiben. Auch ihre Sinne kamen nur langsam zurück. Miramis brauchte sehr lange, bis sie sich dazu in der Lage sah, ihre Umgebung bewusst wahrzunehmen.

Die Nebelschleier vor ihren Augen waren verschwunden und Miramis wurde sich wieder klarer Konturen bewusst. Nur ihr Erinnerungsvermögen hielt sich noch in Grenzen. Sie wusste nur noch, dass sie irgendwann in eine tiefe Dunkelheit getaucht war. An das dazugehörige Geschehen konnte sie sich nicht mehr erinnern. Aber das erschien Miramis zu diesem Zeitpunkt auch sehr unwichtig. Vielmehr wurde sie von ihrer jetzigen Umgebung gefesselt.

Im Grunde war an der sie umgebenden Land-

schaft nichts ungewöhnlich.
Miramis lag inmitten einer endlosen Steppe aus hohem, grünem und saftigem Gras und anderen Gewächsen. Irgendwo im Hintergrund konnte sie die Umrisse von Bäumen ausmachen. Sie vermutete dort den Rand eines Waldes. Zu ihrer Rechten und Linken lag eine endlose Steppe, auf der sich schwarze Punkte bewegten. An sich eine normale Landschaft irgendwo auf der Welt.
Und trotzdem wirkte dieses Bild irgendwie fremdartig. Aber Miramis wusste nicht, worauf sie diese Befremdlichkeit zurückführen konnte. Sie saß immer noch an der gleichen Stelle und ließ die warmen Strahlen der Sonne auf sich herab scheinen. Der Himmel wirkte auf Miramis genau so seltsam wie die Landschaft.
Mit abgeschirmten Augen schaute sie in das grelle Blau des Himmels, welches nur hier und da von weißen Schönwetterwolken durchbrochen wurde. Und schlagartig wusste sie, was sie vermisst hatte: die weißen Kondenzstreifen der Flugzeuge. Es war nicht einmal eine einzige verblassende Spur zu sehen.
Nachdenklich richtete sich Miramis auf. Ihre

Gedanken überschlugen sich, und alles drehte sich um eine Frage: Wo auf dieser Welt ließ sich noch so ein unberührter Himmel erblicken?
So sehr Miramis auch nachdachte, sie kam zu keiner befriedigenden Lösung. Nachdenklich ließ sie ihren Blick über die Steppe gleiten, bis er schließlich an der grasenden Herde haften blieb. Erstaunt stellte Miramis fest , dass aus den bewegten Punkten eine riesige Herde seltsamer Tiere geworden war. Als Miramis sich die Tiere genauer betrachtete , musste sie lachen: Die Viecher sahen aus wie die im Geschichtsbuch im Kapitel „Tiere in der Steinzeit".
Miramis erschien dieser Gedanke zu absurd, schließlich sind Mammuts, Bisons und ähnliche Bestien schon seit Jahrtausenden ausgestorben. Aber die Erkenntnis, dass die Herde sich langsam, aber stetig auf sie zu bewegte, bereitete ihr doch Unbehagen. Letztendlich zog sie es dann vor, die Begegnung mit diesen Tieren zu vermeiden. Da sie keinen anderen Anhaltspunkt als den vermuteten Waldrand am Horizont hatte, begann sie immer in diese Richtung zu laufen. Bäume symbolisierten für

Miramis so etwas wie Schutz in dieser endlosen und einsamen Steppe.
Miramis hatte sich zum Ziel gemacht, den Wald noch vor Einbruch der Dunkelheit zu erreichen, denn die Sonne hatte sich schon gefährlich dem Horizont genähert. Stundenlang hetzte sie über die Steppe, immer mit der Angst im Rücken, bei Einbruch der Dunkelheit ungeschützt zu sein. Schließlich war es für diese seltsamen Tiere ein Leichtes, Miramis in der Dunkelheit aufzuspüren und niederzutrampeln. Miramis war so sehr damit beschäftigt, sich die wildesten Mordgedanken gefräßiger Tiere auszumalen, dass sie gar nicht bemerkte, dass sie ihr Ziel erreicht hatte. Sie kehrte erst in die Realität zurück, als sie unfreiwillig einen Baum umarmte.
Erschöpft ließ sich Miramis auf ihre Knie sinken. Ihre Kehle war völlig ausgetrocknet und ihre Hände zitterten vor Schwäche. Sie war losgelaufen, als die Sonne noch relativ hoch am Himmel stand. Jetzt kämpften nur noch wenige Strahlen mit der einbrechenden Dunkelheit. Erneut kroch in Miramis diese beklemmende Angst hoch. Sie wollte in dieser Dunkelheit nicht alleine sein. Sie hatte Angst

davor, so viel Angst wie ein kleines Kind vor den Schatten in seinem Zimmer. Miramis versuchte einen klaren Gedanken zu fassen. Was würden ihre Romanhelden in dieser Situation machen? Natürlich: ein Feuer! Erfreut sprang Miramis auf und sammelte hektisch trockene Äste und Zweige zusammen, um diese zu einem Haufen zu stapeln. Doch nun kam die Ernüchterung. Miramis hatte jetzt eine ganze Menge schön gestapeltes trockenes Holz. Nur: wie sollte sie ein Feuer entfachen? Entmutigt setzte sie sich vor den Holzhaufen, ihre Arme um ihren Körper geschlungen, denn mit der Dämmerung wurde es auch empfindlich kalt.

Als sie so dasaß und auf das Ende der Welt wartete, fühlten ihre Finger auf einmal einen Lederbeutel, der an einer Kordel befestigt an ihrer Hose hing. Erst bemerkte Miramis den Beutel gar nicht , bis sie sich langsam dessen bewusst wurde. Und schlagartig kehrte auch ihre Erinnerung zurück. In diesen Lederbeutel hatte sie vor ihrem Kleiderwechsel noch ihr wichtig erscheinende Dinge getan.

Sie löste den Beutel von der Hose und öffnete ihn vorsichtig. Vor Miramis lagen jetzt verschiedene Dinge ausgebreitet. Eine Münze mit chinesischen Schriftzeichen (Miramis' Glücksbringer), eine Packung Kaugummis, ein Kugelschreiber und ein Feuerzeug. Miramis schrie vor Freude auf. Sie griff sich das Feuerzeug und begann ihr Lagerfeuer zu entfachen.

Als sie dann vor dem flackernden Feuer saß, zog sich ihre Angst zurück und Optimismus machte sich breit. Lachend beschaute Miramis sich nochmals den Inhalt des Beutels. Was hatte sie bloß dazu bewegt, Kaugummis als wichtig anzusehen. Ein Stück Brot gegen den Hunger wäre wohl angemessener gewesen. Vielleicht sind Kaugummis ja auch hungerstillend. Entweder stirbt man an einem verklebten Magen, oder die Dinger haben einen enormen Nährwert.

Mitten in solche Gedanken verstrickt, fielen Miramis die Augen zu. Aus ihrem unruhigen Schlaf aufgeschreckt wurde sie durch einen unsanften Ruck. Als sie die Augen öffnete, schreckte sie zusammen. Vor ihr standen zwei kleine, bucklige Gestalten, die sie hochrissen. Nun wurde Miramis eine ganze Horde kleiner Wesen mit merkwürdiger Körperhaltung ge-

wahr. Man klemmte sie zwischen zwei dieser Gestalten, und der Tross setzte sich in Bewegung.
Als es hell wurde, konnte Miramis sich diese Wesen genauer betrachten. Sie alle waren um eine Kopfeslänge kleiner als Miramis, und doch wirkten sie ausgewachsen, trotz ihrer Körperhaltung, die eher an ein Fragezeichen erinnerte. Sie alle waren über den ganzen Körper behaart, mit Ausnahme des Gesichtes. Alles in allem ähnelten diese Wesen Affen und Menschen zugleich.
Während ihrer genauen Betrachtung wäre Miramis beinahe vor Erstaunen der Länge nach hingefallen. Entweder befand sie sich auf einem billigen Kostümfest, oder sie war mal eben so in die Steinzeit geraten.
Gefestigt wurde diese Vermutung, als sie nach endloser Wanderung eine Höhle erreichten. Hier befanden sich ungefähr noch einmal so viele dieser seltsamen Gestalten.
Wobei es sich hier wohl um die weiblichen Wesen dieser Gattung handelte, wie Miramis sofort auffiel. Sie stand jetzt vor so etwas wie dem Anführer. Er nahm mit gebieterischer Haltung die Mitte des Platzes ein, der

vor dem Höhleneingang lag. Die restlichen Affenmenschen, wie Miramis sie getauft hatte, kauerten in geduckter Haltung um den Anführer herum. Sie schienen auf etwas zu warten. Schließlich gab der Anführer ein Zeichen. Daraufhin näherten sich zwei dieser Gestalten ihrem Anführer und überreichten ihm Miramis' Lederbeutel. Den hatte man ihr zuvor abgenommen.

Mit bedächtigen Bewegungen öffnete er den Beutel, ohne Miramis einmal aus den Augen zu lassen. Ihm stand seine Unwissenheit ins Gesicht geschrieben, als er nacheinander die Kaugummis, den Kugelschreiber, die Münze mit den chinesischen Schriftzeichen und das Feuerzeug vor sich ausbreitete. Mit forschendem Blick wanderten seine Augen zwischen Miramis und den ausgebreiteten Dingen hin und her. Schließlich nahm er einen Kaugummistreifen und wickelte diesen, nach langem Überlegen, aus dem Papier aus. Er roch an dem Streifen und verzog das Gesicht, danach befühlte er die Masse zwischen seinen Händen. Nach endlosem Riechen und Fühlen befahl er mit einer herrischen Geste einen jungen Mann zu sich. Dieser nahm das Kau-

gummi an sich und steckte es sich zwischen die Zähne.
Nach mehrmaligen Kaubewegungen verzog er auf einmal den Mund, fing laut an zu husten und fiel danach um. Miramis wusste, dass er sich verschluckt hatte. Nur wusste sie nicht, wie sie die anderen davon überzeugen konnte. Sie war nämlich nicht in der Lage, die Gesten der Anderen zu verstehen, noch konnte sie diese nachahmen. Mittlerweile war ein heilloses Durcheinander entstanden. Man vermutete, dass das Kaugummi einen ihrer Gefährten umgebracht hatte. Miramis wurde in die Obhut von kräftigen Männern gegeben, die ihre Sperrspitzen mit grimmigen Gesichtern direkt unter ihr Kinn platzierten. Aus den Augenwinkeln beobachtete sie, wie eine der Frauen verschiedene Kräuter vor sich ausbreitete, als der Totgeglaubte seine Augen aufschlug und noch einmal kräftig hustete, wobei er den Kaugummiklumpen in hohem Bogen von sich spuckte. Langsam kehrte wieder Ordnung in die Reihen dieser Menschen zurück.
Die Frauen hielten sich im Hintergrund oder sie knieten zu den Füßen der Männer, um die

Erlaubnis zu erhalten, etwas zu dem jeweiligen Geschehen beizutragen.
Die Männer waren in Altersgruppen eingeteilt. Es gab dort sehr alte und sehr junge; dazwischen lagen die Männer, die ein normales Erwachsenenalter erreicht hatten. Aus dieser Ordnung fielen zwei Männer heraus. Einer von beiden war der Anführer des Clans, den anderen konnte Miramis nicht zuordnen. Jedenfalls mussten sie jetzt beschlossen haben, dass Miramis diese wunderlichen Dinge selber demonstrieren sollte.
Erwartungsvoll stand der Anführer des Clans vor ihr und hielt ihr den Kugelschreiber entgegen. Miramis nahm den Stift und ließ die Mine herausspringen. Alle wichen von ihr zurück. Miramis ging langsam auf einen ihrer Bewacher zu und nahm seine Hand: Darauf schrieb sie dann mit dem Kugelschreiber in Druckbuchstaben ihren Namen. Erstaunt ließ ihr Gegenüber seinen Speer fallen. Dann nahm er seinen Pelzumhang und versuchte mit Speichel und Fell die Schrift auf seiner Hand zu entfernen. Ohne Erfolg.
Triumphierend schaute Miramis in die Runde, die gespannt auf den wild gestikulierenden

Jäger schaute. Auf einmal ging alles sehr schnell. Der Clan fühlte sich offenbar von Miramis bedroht, allerdings war dort noch ein seltsames Teil übrig, und man würde doch schon gerne wissen, was dieses komische Wesen noch so alles verbarg. Die chinesische Münze hatten sie gleich ihrem Morgur zur Geisterbeschwörung vermacht. Aber dieses harte unnatürlich aussehende Ding. Was mochte das bloß sein? Man wollte es also noch einmal wagen.

Vorsichtig näherte sich der Anführer Miramis und reichte ihr das Feuerzeug. Diese hob langsam den Daumen und ließ ihn über das Rädchen gleiten. Der Feuerstein entzündete das entströmende Gas, und es erschien eine kleine, flackernde Flamme. Doch diese kleine Flamme rief in den Mitgliedern des Clans tiefes Entsetzen hervor. Ein Wesen, das ein Lagerfeuer in seiner Hand halten konnte, dafür gab es nur eine Erklärung: Vor ihnen stand der Geist des Feuers.

Alle waren aufgeregt und ließen sich nur schwer durch die beschwichtigenden Hände des Mogurs beruhigen. Dann versammelten sich sämtliche männlichen Mitglieder des

Clans um den Anführer und den Zauberer. Nur die Jäger, die Miramis bewachten, ließen nicht davon ab, Miramis mit ihren Speerspitzen zu bedrohen.
Währenddessen erklärte der Anführer mit Hilfe von Gesten seinen Gefährten die Lage: Nur der Geist des Feuers besaß die Macht, ein Lagerfeuer in der Hand zu halten. Und deswegen war es notwendig, den Geist gut zu stimmen, da er sonst noch Unglück über den gesamten Clan bringen könnte.
Aber wie sollte man dieses anstellen?
Vielleicht war der Geist des Feuers schon missgestimmt, da er beinahe einen Jäger umgebracht hatte. War dies nun ein gutes Omen oder eher nicht? Stand dieser Clan in der Gunst der Geister? Am besten würde es sein, wenn sie ein Fest zu Ehren des Geistes des Feuers geben würden. Somit würde man ihn gütig stimmen, und der Clan würde auf ewige Zeiten von seiner Macht und seinem Schutz profitieren.
Auffordernd begutachtete der „Chef" jeden seiner Jäger, um ein Zeichen der Zustimmung oder der Ablehnung zu erhalten. Der Vorschlag wurde angenommen, und sofort beauf-

tragte man die Frauen, ein Festmahl vorzubereiten. Während rund um Miramis hektisches Treiben begann, näherte sich ihr der Anführer, um sich vor ihr ehrfurchtsvoll zu verneigen. Daraufhin löste sich ihr Gefängnis aus Speeren auf und jeder Jäger ahmte die ehrfurchtsvolle Verneigung ihres Anführers nach.
Erschöpft setzte sich Miramis an den Rand des Geschehens und beobachtete das lebhafte Treiben. Sie war verwirrt, sehr verwirrt. Gegen Abend ließen herzhafte Gerüche von verschiedenen Kochstellen Miramis' Magen knurren. Bei Sonnenuntergang ließ man Miramis vor die Höhle führen. Dort saßen alle Clanmitglieder versammelt und warteten darauf, dass Miramis die Ehre übernahm den ersten Bissen auszuführen. Dann begannen alle, die frisch zubereiteten Speisen zu sich zunehmen. Als die Sonne schon lange am Horizont verschwunden war, erhoben sich alle männlichen Mitglieder dieses Urclans, Miramis wurde aufgefordert ihnen zu folgen. Etwas entfernt von dem Höhleneingang ließen sich alle in einem Halbkreis nieder. Miramis wurde genau in die Mitte geschoben und

musste sich setzen. In der Dunkelheit schienen alle auf etwas zu warten. Die Gesichter der Männer wurden nur von dem bläulichen Licht des Mondes beschienen. Dieser Anblick ließ Miramis erschauern.
Nach einer Ewigkeit erschien Morgur, der Zauberer des Clans, wie aus dem Nichts. Er trug einen langen Pelzumhang, und auf seinen Oberkörper waren mit einer schwarzen Paste merkwürdige Zeichen gemalt. Er hielt den blanken Schädel eines Bären vor sich, den trug er zu Miramis, und dann musste sie mit ihrem Feuerzeug einen Holzscheit im Inneren des Schädels entfachen. Schließlich setzte der Morgur sich in die Mitte des Halbkreises und legte den Schädel vor sich ab. Es entstand eine gespenstische Stimmung, die von den rhythmischen Schlägen der Speere, welche die Jäger auf den Boden klopften, unterstützt wurde.
Nach einer Weile stand der Morgur auf und begann jedem Jäger eine weiße dickflüssige Masse einzuflößen. Nachdem die Jäger diesen Trank zu sich genommen hatten, verfielen sie in einen trance-ähnlichen Zustand. Miramis klopfte das Herz. Jetzt war sie an der Reihe.

Sie war die Achte, das hatte sie zuvor gezählt. Mit sanfter Gewalt drückte der Zauberer ihren Kopf in den Nacken und flößte ihr diesen bitter schmeckenden Trank ein. Kurze Zeit später begann sich alles um sie herum zu drehen und die Figuren und Farben verschwanden in einem großen, weißen Nichts. Nur irgendwo in der Ferne nahm Miramis noch ein grelles, gleißendes Licht war .

Als Miramis erwachte, wurde sie von quälenden Kopfschmerzen geplagt, die einfach nicht enden wollten. Sie fühlte sich, als hätte sie gerade einen Waschgang in der Waschmaschine hinter sich gebracht. Doch trotz ihrer schlechten mentalen Verfassung entging ihr nicht, was um sie herum geschah. Sie lag rücklings auf einer grünen Wiese mit vielen Blumen. Es wimmelte nur so von Schmetterlingen, und man hörte das Gezwitscher der Vögel. Es schien alles so friedlich an diesem Ort, doch Miramis traute dieser Idylle nicht. Sie war von dem eben Erlebten noch so aufgewühlt und verwirrt, dass sie jetzt vorsichtiger sein wollte. Schließlich war sie sogar einmal nur knapp dem Tode entronnen.

Sie wollte gerade anfangen, sich Gedanken darüber zu machen, wie sie in diesen ganzen Schlamassel geraten war, da folgte schon der nächste Schreck. Ein paar Meter entfernt hörte sie ein merkwürdiges Stöhnen. Als sie in die Richtung sah, aus der das Stöhnen kam, erblickte sie einen Jungen ungefähr in ihrem Alter. Er lag ebenfalls auf der Wiese und war gerade dabei, sich aufzurichten. Nach einem kurzen Moment hob er den Kopf und die beiden schauten sich geradewegs in die Augen.

Miramis staunte nicht schlecht. Es schien, als würde sie in einen Spiegel schauen. Miramis konnte es einfach nicht glauben, das musste ein Traum sein. Jetzt hatte sie auch noch einen Zwillingsbruder, den sie noch nie im Leben gesehen hatte.
„Ich werde wahnsinnig!" rief sie.
Und der Junge nickte zustimmend den Kopf: „Das darf doch wohl nicht wahr sein!"
„Wo sind wir?" fragte Miramis in einem Ton, der der Verzweiflung nahe war.
„Ich weiß es auch nicht. Ich war vor einem Moment noch ganz woanders," sagte der Junge und fügte hinzu: „mein Name ist Miraldo. Und wer bist du?"
„Ich bin Miramis," sagte sie, wobei sie wegen der Namensähnlichkeit schmunzeln musste, „aber warum sind wir uns noch nie begegnet?"

Daraufhin erzählte Miraldo ihr aus seiner Kindheit. Er war zuerst einige Jahre im Heim gewesen, denn er wurde von seinen Eltern ausgesetzt. Danach wurde er von einer Familie adoptiert, die er sehr lieb gewann. Als er etwas älter wurde, stellte er dann Nachforschungen über seine Vergangenheit an, wobei er zwar nichts über seine richtigen Eltern erfuhr, jedoch über eine Zwillingsschwester, die angeblich zusammen mit ihm gefunden worden war. Diese war jedoch, so hieß es, sehr früh von einer reichen Familie adoptiert worden, über deren Adresse man Miraldo keine Auskunft geben wollte.

Während Miramis ihm zuhörte, weiteten sich ihre Augen immer mehr. Doch noch bevor sie sich näher mit diesen Informationen auseinander setzen konnte, bemerkte sie, dass sie nicht mehr alleine waren. Hinter ihnen stand ein Mädchen mit braunem, verfilztem Haar, das ein altes, ausgeblichenes Kleid trug. Sie schaute die beiden aus großen, verständnislosen Augen an.

„Wer bist *du* denn?" fragte Miraldo, der sich als erster wieder gefasst hatte.

„Ich bin Aschenputtel, aber euch habe ich hier noch nie gesehen. Wer seid denn ihr?"
„Ich bin Miraldo, und das ist meine Schwester Miramis. – Kannst du uns vielleicht sagen, wo wir hier sind?"
„Im Märchenland, - aber - wie seid ihr denn bloß hierher geraten? – Ihr seid doch keine Märchenfiguren, oder irre ich mich da?"
„Nein, das siehst du schon ganz richtig."
Nun mischte auch Miramis sich wieder ein und fragte Miraldo, wie er denn eigentlich in diese Welt geraten sei. Diesen Aspekt hatten sie ja durch die Tatsache, dass sie wohl Zwillinge waren, ganz außer Acht gelassen. Miraldo erklärte ihr, dass er nicht so genau wisse, wie er hierher gekommen sei. Er wusste lediglich, dass er in einem leer stehenden Haus, das fast schon einer Ruine glich, ein Roulettespiel gefunden hatte. Das war das letzte Ereignis, an das er sich zurückerinnern konnte. Er erzählte auch, dass er einmal im Zweiten Weltkrieg gelandet war, wo er um ein Haar erschossen worden wäre.
Nachdem Miramis nun auch ihre Geschichte erzählt hatte, schlossen die beiden daraus, dass ihr Schicksal etwas mit dem Roulette-

spiel zu tun haben musste. Was es damit auf sich hatte, das wollten sie noch zusammen ergründen. Aschenputtel hörte sich ihre Geschichte erstaunt mit an, ihr Vorstellungsvermögen war jedoch begrenzt, da sie in einer Märchenwelt lebte.

So begriff sie nicht alles, was die beiden erzählten. So verabschiedete sie sich aber nach einer Weile, denn sie musste noch Feuerholz sammeln.

Miramis und Miraldo waren nun wieder unter sich, und sie entschieden, sich in dieser ungewöhnlichen neuen Welt einmal umzusehen. Nach einer Weile sahen sie vor sich ein Feuer, um das ein kleines Männchen tanzte und dabei ein Lied sang. Sie gingen näher heran, und als das Männchen sie erblickte, blieb es wie versteinert stehen und hörte auf zu singen.

Miramis, die seit ihrer Kindheit Märchen geradezu liebte, sagte ohne nachzudenken: „Hallo, Rumpelstilzchen!“ Ein Ausspruch, den sie noch im selben Moment bereute.

Der kleine Mann schaute sie aus großen Augen an, und Tränen kullerten über seine Wangen. Noch bevor Miramis ein Wort der Erklärung

aussprechen konnte, stampfte der Mann so lange auf dem Boden herum, bis er in demselben verschwand. Die Zwillinge schauten sich betroffen an.
„Das ist mir nur so rausgerutscht,“ sagte Miramis mit besorgter Miene. „Wir haben das ganze Märchen durcheinander gebracht, hoffentlich nehmen die uns das nicht übel!“
„Lasst uns schnell von hier verschwinden!“
Sie liefen so schnell sie konnten um eine Wegbiegung hinter einen Hügel. Dort erblickten sie ein kleines Häuschen. Sie gingen darauf zu, und neugierig wie sie waren, klopften sie an die Tür. Eine junge Frau mit einem blauen Kleid und mit schwarzen Haaren öffnete ihnen. Miraldo war von ihrer Schönheit so überwältigt, dass er keinen Ton mehr von sich gab. Miramis ergriff das Wort. Sie stellte sich und Miraldo vor, schilderte ebenfalls ihre missliche Lage und die Frau ließ sie eintreten.
Im Laufe des Gesprächs stellte sich heraus, dass es sich bei der Frau um Schneewittchen handelte. Sie unterhielten sich mit ihr über das Märchenland, bis es plötzlich an der Tür klopfte. Schneewittchen öffnete, was sie lie-

ber nicht hätte tun sollen. Draußen stand eine greise alte Frau, die vorgab Äpfel zu verkaufen. Sie bat Schneewittchen zu kosten. Als diese gerade zubeißen wollte, stürzte sich Miraldo, in dem der Beschützerinstinkt geweckt worden war, dazwischen, und rief: „Nicht essen! Der Apfel ist vergiftet!"
Schneewittchen schaute ihn ungläubig an, die alte Frau warf ihm einen finsteren Blick zu, in dem sich blanker Hass abzeichnete.
„Das wirst du mir noch büßen, du kleine Kröte!" war das Letzte, was sie sagte. Im nächsten Moment war nur noch eine große Staubwolke zu sehen, und die Frau war verschwunden. Schneewittchen war völlig verblüfft von dem gerade Erlebten und musste feststellen, dass sie es wohl mit einer Hexe zu tun hatte. Miramis, die erzürnt über Miraldos Verhalten war, meinte, sie müssten jetzt gehen. Als sie sich von dem Haus entfernt hatten, konnte Miramis sich einfach nicht mehr beherrschen. Sie fuhr Miraldo an, denn sie konnte nicht verstehen, wie er das tun konnte. Es waren doch Märchen, und die nahmen doch sowieso ein gutes Ende. Schon einmal hatten sie die Handlung eines Märchens

verändert, und niemand konnte wissen, was das für Konsequenzen haben würde. Miramis fürchtete sich davor, und sie ließ ihre Wut auf ihren neugebackenen Bruder so richtig raus: „Wie kannst du nur sowas tun? Kaum steht eine hübsche Frau vor dir, vergisst du alles um dich herum und verstößt gegen alle Regeln! Männer sind doch alle gleich!"

Miraldo, der sich nun in seiner Ehre gekränkt fühlte, verteidigte sich unter dem Aspekt, dass es doch um ein Menschenleben ging.

Doch Miramis wich nicht von ihrem Standpunkt ab. „Es sind Märchen, und die nehmen von alleine ein gutes Ende, auch ohne deine Hilfe."

Ohne auch nur ein Wort zu sagen und mit mürrischen Blicken liefen sie nebeneinander her. Eigentlich wollten beide miteinander reden, da sie jedoch beide Dickköpfe waren, machte keiner den Anfang.

Auf ihrer Wanderung durch dieses Land kamen sie an einem großen, prachtvollen Schloss vorbei, das mit dichten Rosensträuchern umwachsen war. Als sie, von Neugier gepackt, die Schlossbrücke überquerten, die noch von den Pflanzen verschont geblieben war, schien

das Leben hier stillzustehen. Es war, als würde jemand die Zeit anhalten, so wie in einer Serie, die Miramis sich manchmal ansah. Die Menschen hier waren in ihrer Bewegung verharrt und es schien, als seien sie Statuen zur Zierde des Schlosses. Das musste das Märchen von Dornröschen sein, in das sie da geraten waren.
Vom Hunger, der sich nun hörbar bemerkbar machte, getrieben, suchten die beiden die Küche auf. Hier konnten sie schließlich nicht viel falsch machen, denn die versteinerten Wesen bemerkten offensichtlich nichts. Zielstrebig liefen sie auf ein kleines Gebäude mit Schornstein zu. Das musste die Küche sein. Sie traten ein, und hier stand die Zeit ebenfalls still. Über einen Koch, der einen Pfannkuchen in die Luft wirbelte, welcher nun in Ruheposition verharrte, mussten beide lächeln.
Sie machten sich daran, Essen auszuwählen, welches sie mitnehmen wollten. Sie fanden neben einem Ofen einen großen Beutel, in dem sie die Nahrung verstauten. Mit einem übervollen Beutel wollten sie sich aus dem Staub machen. In diesem Moment geschah jedoch

das Unpassendste, was ihnen nur passieren konnte. Die Wirkung des Zaubers, der die Zeit hier anhielt, schien nachzulassen. Warum musste Dornröschen gerade jetzt aufwachen?

Nun hieß es nur noch rennen und weg von hier, doch es war bereits zu spät. Bis sie am Ausgang angelangt waren, erwachten die Leute aus ihrer Starre und erblickten die beiden. Einer schrie: „Dort, das sind Diebe! Sie flüchten mit unserem kostbaren Essen!"
Miramis und Miraldo liefen aus dem Gebäude quer über den Schlosshof, wo die Menschen ebenfalls erwacht waren.
„Ergreift sie!" ertönte es hinter ihnen. Ein grölender Pulk von Köchen verfolgte sie. Auf Grund ihrer berufsbedingten Körperfülle kamen sie jedoch nicht all zu schnell voran. Die Zwillinge liefen, als würde ihr Leben davon abhängen. Morddrohungen und Aussprüche wie: „Lasst sie im Kerker schmoren!" registrierten sie gar nicht mehr, da sie sich voll auf ihre Flucht konzentrierten.
Als sie schon längst die Schlossbrücke passiert hatten, liefen sie noch so lange weiter, bis das Schloss und die Verfolger nur noch

schemenhaft zu erkennen waren. Erst dann glaubten sie in Sicherheit zu sein. Müde, hungrig und vor allem außer Atem ließen sie sich erschöpft am Boden nieder. Sie hatten aber auch wirklich nur Pech.

Nachdem sie sich von der Verfolgungsjagd erholt hatten, packten sie das Essen aus und schlangen die Beute gierig in sich hinein. Sie ließen jedoch noch einen Rest als Notproviant übrig, denn sie wussten schließlich nicht, wie lange sie noch hier waren.

Als die Abenddämmerung hereinbrach, ließen sie sich an einem windgeschützten Plätzchen am Rande des Waldes nieder. Sie suchten trockene Zweige, um ein Lagerfeuer zu machen, an dem sie schlafen konnten. Beide waren todmüde vom überstandenen Tag, und sie kuschelten sich zusammen an ihr Feuer, denn es begann, kühl zu werden.

Kaum hatten sie ihre Augen geschlossen, schliefen sie auch schon ein. Doch es sollte keine friedliche Nacht werden. Miramis wurde durch ein Knistern geweckt, das sie sofort beunruhigte. Sie schlief generell nicht sehr fest, ganz im Gegenteil zu Miraldo, der wie ein Baby schlummerte. Das unheimliche Knistern schien aus dem Wald zu kommen, doch anscheinend war es kein Tier. Es hörte sich an wie menschliche Schritte. Miramis wurde mulmig zu Mute, und langsam kroch die Angst in ihr hoch. Sie weckte Miraldo und deutete mit angsterfüllten Augen in die Richtung, aus der die Schritte sich näherten. Sie klammerte sich ganz fest an ihren Bruder, dem die Angst ebenfalls ins Gesicht geschrieben stand.

Im nächsten Augenblick tauchte vor ihnen am Rande des Waldes eine dunkle Gestalt auf. Als das Mondlicht sie beschien, wurden die Befürchtungen der Zwillinge bewahrheitet. Es war die Hexe, der sie den Plan vermasselt hatten. Die Geschwister spürten, dass im nächsten Augenblick etwas Furchtbares geschehen würde. Sie wollten weglaufen, doch ihre Angst lähmte sie.

„Nun habe ich euch endlich! Wer auch immer ihr seid, jetzt werdet ihr mir nicht mehr entwischen!" sagte sie mit krächzender Stimme und fügte hinzu: „Zuerst bist du dran, du kleiner ungezogener Bengel!" Die Hexe erhob ihre Hand gegen den entsetzten Miraldo und aus ihren Fingern ließ sie grelle Blitze auf ihn niederfahren. Er lag nun bewegungslos im Gras und gab kein Lebenszeichen mehr von sich. Miramis sah dem Schauspiel machtlos und voller Schrecken zu. Sie hatte drei Blitze gezählt und wurde nun von einer unendlichen Traurigkeit gepackt, die sie in ein schwarzes Loch hinein sog ...

Es war die Dunkelheit, die sie ängstigte. Innerhalb von Sekunden hatte sich alles verändert, sie fühlte sich herausgerissen aus der Welt und nun war da diese Finsternis. Sie blinzelte mit den Augen, ein Blinzeln der Hoffnung, dass sie doch noch wenigstens einen Lichtstrahl entdecken würde. Miramis berührte ihren eigenen Körper so, als ob er ihr fremd wäre. Er war es immer gewesen, wenn sie ihn nicht sehen konnte und so auch jetzt. Ihre Augen waren zweifellos geöffnet und sie sah nichts, nur eine dunkle, furchtbare Leere. Die Luft roch abgestanden, gerade so, als wäre diesem Raum noch nie Sauerstoff zugeführt worden und ihre Ohren vernahmen keinen Laut. Selbst als kleines Kind hatte sie sich nie im Dunkeln gefürchtet - nein, sie hatte es sogar albern gefunden, Sabine, ihre beste Freundin, deswegen sogar ausgelacht - aber nun spürte sie die Angst.

Nach wenigen Minuten des stillen Verharrens, die sie einfach brauchte, fasste sie Mut und richtete sich auf: Sie streckte beide Arme in die Höhe, um sich gegen das Unbekannte, das über ihr lauerte, abzusichern, und ließ ihren Oberkörper aus der hockenden Position folgen. Noch bevor ihre Beine jedoch auch nur zur Hälfte gestreckt waren, wurden ihre Hände unsanft gestoppt... Miramis zog sie panikartig zurück, eine Handlung, die sie Sekunden später nur als dumm bezeichnen konnte, denn es handelte sich um eine Decke, die in einer Höhe von - so schätzte Miramis - anderthalb Metern verlief. „Jetzt hast du auch noch vor Decken und Wänden Angst," raunte sie, und noch bevor sie mit sich selbst das Abkommen treffen konnte, das nächste Mal etwas besonnener zu reagieren, hörte sie diesen Lärm. Vielleicht war es eher ein lauteres Geräusch, aber nach der endlosen Stille waren ihre Ohren so sensibel, dass sie fast einen Schmerz spürte, als sie das knarrende Öffnen der Tür vernahm - denn ihrer Meinung nach konnte es einfach nichts anderes sein, was da die Ruhe störte. Eine Ruhe, die sie vor wenigen Augenblicken noch verdammt hatte und sich jetzt sehnlichst herbei-

wünschte, in Ungewissheit dessen, was sie erwarten musste.
Miramis hatte gehofft, dass die offene Tür jedenfalls einen Lichtstrahl in ihre Richtung leiten würde, doch ließ ein weiteres Geräusch darauf schließen, dass das Tor zur Freiheit wieder verschlossen war. Aber für Selbstmitleid und Hoffnungslosigkeit fehlte unerwartet die Zeit; denn es näherten sich Schritte, die eindeutig von den Männern stammen mussten, die sich so laut unterhielten, dass die junge Frau dies nur mit einem Streit assoziieren konnte. Sie klangen aufgeregt, diese Männer, die Miramis in einer ihr völlig fremden Sprache reden hörte.
„Ich hätte doch Dolmetscherin werden sollen," bemerkte sie leise und mit einem Schuss trockenem Humor, der ihr in diesem Augenblick angemessen erschien. Es war ihr unmöglich zu sagen, wie groß die Entfernung zwischen ihr und den Männern noch war (wobei sie es auch lieber gar nicht wissen wollte), aber die näherten sich merklich. Aus einer Richtung drang nun endlich ein Lichtstrahl, der so kräftig war, dass er problemlos die nähere Umgebung beleuchten konnte. Damit

hatte Miramis die Möglichkeit, zu erkennen, dass sie in einer Art Zelle saß, die an einer Seite durch ein Gitter und an den übrigen durch Wände abgegrenzt war. Vor diesem Gitter verlief offenbar ein Gang; die Männer mussten - dem Licht nach zu urteilen - von links an der Zelle vorbeikommen.

Nun traf sie der helle, unerträgliche Schein der Taschenlampe direkt ins Gesicht. Miramis hatte still in der Ecke verharrt, in der sie auch erwacht war, ohne genau zu wissen, was geschehen würde. Ihre Gedanken schwirrten in ihrem Kopf: Wenn sie entdeckt werden würde, würde sie vielleicht befreit werden - oder ...

Der Gedanke quälte sie jetzt umso mehr, denn die Männer hatten den Lichtstahl ihrer Lampe direkt in die Zelle gerichtet und so konnten sie die junge Frau keinesfalls übersehen. Im ersten Moment waren sie verdutzt, ihre Unterhaltung brach plötzlich ab. Einer von ihnen schwenkte wild mit der Taschenlampe hin und her, als wolle er dadurch die „Fata Morgana" auslöschen, doch natürlich, es gelang ihm nicht. Dann begannen sie, auf Miramis einzureden; sie sprachen alle gleich-

zeitig, sodass das Mädchen kein Wort verstanden hätte, selbst wenn sie diese fremde Sprache beherrschte. Stattdessen musterte sie die Männer, und war sogleich überrascht von ihrer Statur. So kraftvoll ihre Stimmen waren, so klein und schmal waren ihre Körper. Ein Lichtstrahl suchte den Weg zurück und sie entdeckte, dass zumindest das Gesicht eines der Männer asiatische Züge hatte. Ein Zufall war möglich, keine Frage; aber es minderte jedenfalls eine Ungewissheit: Sie wusste, wo sie war - jedenfalls ungefähr. Nun gewannen jedoch andere Fragen, die nicht einfacher zu beantworten waren, an Priorität: Was sollte sie hier und wie konnte sie schleunigst wieder verschwinden?
In den nächsten Minuten setzte sich dieses Schauspiel fort, das für einen Zuschauer mindestens den Anschauungswert einer Daily Soap haben musste. Miramis mimte schließlich ein völlig eingeschüchtertes Mädchen, das sich wie eine scheue Katze in die hinterste Ecke der Zelle verkroch, in der Hoffnung, alles würde schon irgendwie vorübergehen. Sie konnte es nicht glauben, aber dann ging alles sehr schnell: Die Männer verließen

schlagartig die Szenerie und gingen nach rechts weiter - und damit wurde Miramis wieder der Dunkelheit preisgegeben, die nun überhaupt nicht mehr bedrohlich erschien. Sie versuchte, sich einzureden erleichtert zu sein, aber sie bemerkte, dass sie zwar *diese* Episode überstanden hatte, was die nächste jedoch bringen würde, war völlig unklar.
Das Knarren weckte sie aus ihrem Schlaf, der sie plötzlich übermannt hatte - so schnell, dass sie sich nicht einmal dagegen wehren konnte. Sie war sofort hellwach, in Erwartung dessen, was kommen würde. Es war keine Angst mehr in ihr, sie war auf alles gefasst. Schritte kamen näher, jedoch waren sie nicht so laut wie vorhin und es sprach auch keiner - nein, sie glaubte sogar, man versuchte, möglichst leise zu sein. Dieser Gedanke beunruhigte sie dann doch, obwohl es ein Zeichen für das eine oder auch für das andere sein konnte. Darüber nachzudenken war endgültig sinnlos: Die Taschenlampe war eingeschaltet und ein unglaublich junger Mannes machte ihr gestikulierend deutlich, leise zu sein, und hielt dann ein großes Schlüsselbund direkt in den hellen Strahl. Sein Gesicht blieb ständig

ernst, was Miramis als Zeichen dafür interpretierte, dass er mit dieser Aktion ein sehr großes Risiko einging. Er öffnete ihr das Gitter, sie stand sofort davor und - ohne einen Gedanken zu verschwenden - neben ihm. Da es offensichtlich keinerlei Möglichkeit gab, eine Dankesrede zu halten, die der junge Mann verstehen würde, beschränkte sie sich auf ein Nicken und befolgte sofort die weiteren Anweisungen, gemeinsam mit ihm in die Richtung zu gehen, in die die Männer vorhin verschwunden waren. Es schien ihr zwar nicht weiter wichtig, aber doch versuchte sie zu ergründen, ob er vorhin auch dabei gewesen war. Weil sie sich jedoch nur das Gesicht eines Mannes eingeprägt hatte, der diesem nicht im Geringsten ähnlich sah, gab sie auf und starrte nun gebannt auf seine blauen Augen, die streng nach vorne gerichtet waren und ihr, der jungen Frau, keinen Blick schenkten. Trotz seiner Größe schritt er in einem Tempo voran, dem Miramis zwar folgen, das sie aber kaum auf einer längeren Distanz durchhalten könnte.

Ewige Minuten vergingen, und der Gang, in dem es zwar heller war als in der Zelle, dessen Helligkeit sich aber nicht veränderte, wollte und wollte nicht enden. Dann sah sie endlich eine Tür, um Augenblicke später realisieren zu müssen, dass ihre Augen mit ihr ein böses Spiel getrieben hatten. Ihre Erschöpfung wurde immer größer, doch sie musste sich zusammenreißen, bis ihr Retter - was für ein kitschiger Begriff das doch war! - den Vorschlag machen würde ...

Unglücklicherweise schien es so, als wolle er noch stundenlang mit dieser Geschwindigkeit seinen Weg fortsetzen.

Je länger sie liefen, desto breiter wurde der Gang, bis sie schließlich eine Art Raum betraten, der mit Kerzen jedenfalls schwach beleuchtet war. Miramis hoffte, dass sie hier eine Pause machen würden, und tatsächlich zeigte der Mann wortlos, aber mit freundlichem Gesicht, auf eine Liege, die in einer Ecke des Raumes stand. Bei genauerem Hinsehen entdeckte Miramis noch ein paar solcher Matratzen und sogar ein vollständiges Bett, das in dieser düsteren Umgebung wie ein Fremdkörper wirkte. Spätestens jetzt, als sie auf dieser Liege saß, war ihr klar, dass sie in einer Zeit war, die nicht all zu weit entfernt vom 20. Jahrhundert sein konnte: Jedenfalls keine Gottesbeschwörung, dachte sie und lächelte bei dem Gedanken an das Erlebte. Der junge und sympathische Mann hatte es sich auf einer gegenüberliegenden Matratze gemütlich gemacht und starrte an die Decke. Im nächsten Augenblick aber schon setzte über ihnen ein lautes Geräusch ein, die Wände schienen sich zu bewegen und kleine Steine fielen von der Decke. Instinktiv presste Miramis beide Hände auf ihr Gesicht, doch so schnell und dramatisch alles begonnen hatte, war es auch schon wieder ruhig. Verunsichert drehte sie den Kopf zu ihrem Begleiter, der keinerlei Reaktion gezeigt hatte und den dieses kurze, aber gefährliche Ereignis in keiner Weise beeindruckt zu haben schien. Er sah nur lächelnd zu ihr herüber, und was hätte Miramis jetzt darum gegeben, seine Sprache verstehen zu können.

Sie wollte nach oben. Über eine halbe Stunde, so zeigte es ihre Uhr an, hatten sie mittlerweile in diesem Raum verbracht, in dem es zwar bequemer war als in der Zelle, aber zum stundenlangen Verweilen war ihr hier auch nicht zu Mute. Daher stand sie auf und zeig-

te, als der Mann sie fragend anschaute, nach oben und versuchte mit Händen und Fußen zu erklären, dass sie dort hingehen wolle. Er schien sehr skeptisch und auch das Grinsen verschwand aus seinem Gesicht, als er endlich verstand. Als sie dann jedoch vorgab, auch alleine den Weg einschlagen zu wollen, da sprang er auf - noch immer nicht recht überzeugt, das sah man ihm an - und begleitete sie widerwillig.
Mit neugewonnener Kraft machten sie sich auf den Weg, und Miramis war voller Neugier, was dort oben wohl sein würde, dass ihr Freund solche Bedenken hatte. Spätestens an einer Weggabelung war sie froh, ihn vorhin doch überzeugt zu haben mitzukommen, und zum ersten Mal machte sie sich Gedanken darüber, warum diese Menschen hier unten lebten, ohne die Annehmlichkeiten und Schönheit der Natur, die dort oben auf sie warten mussten. Sie grübelte ... ohne Ergebnis, vielleicht würde sie den Grund bald kennen.
In den nächsten Stunden gab es noch mehrere Erschütterungen, die zwar ihren Schrecken verloren hatten, Miramis aber in ihrem

Wunsch bestärkten, endlich wieder an das Tageslicht zu kommen.
Endlich dann eine Treppe, die mit einem Dutzend Stufen nach oben führte und dort an einer Tür endete, die mit einem Holzbalken gesichert war. Der junge Mann blieb vor der Treppe stehen und streckte seinen Arm zur Tür hin aus, um Miramis zu bedeuten, sie solle nun alleine weitergehen. Durch dieses seltsame Verhalten verstärkte sich Miramis' Neugier nochmals und sie brannte darauf, diese Tür endlich öffnen zu können. Was jetzt kam, das war ihr klar, musste sie mit eigenem Mut und Intelligenz bewältigen. Sie verabschiedete sich noch kurz von dem Mann, über den sie eigentlich gar nichts wusste, zu dem sie aber in den letzten Stunden großes Vertrauen entwickelt hatte. Sie wandte sich von ihm ab, von seinem ängstlichen Gesicht, ging die Stufen hinauf und öffnete, ohne zu zögern, die Tür ...

Ihre Augen schmerzten, als sie das Tageslicht erblickten; hatte Miramis doch völlig vergessen, dass sie sich nach ewigem Dunkel jetzt erst wieder an die Helligkeit gewöhnen mussten. Nur verschwommen konnte sie die

Umgebung wahrnehmen, die offenbar mit vielen Pflanzen aufwartete. Als sie dann schließlich wieder im Vollbesitz ihrer Sinne war, bemerkte sie, dass die Tür direkt in eine Art Pflanzenbeet geführt hatte. Sie war regelrecht gefangen in den Ästen und Zweigen der Bäume und Büsche, die sich vor ihr erstreckten, doch jedenfalls war es möglich, einen Weg einzusehen, der direkt vor dem Beet entlang führte.

Es war ein schöner Sommertag, die Sonne strahlte vom Himmel und eine ungewohnte Wärme umgab die junge Frau. Sie fühlte sich frei, trotz des Gestrüpps, in dem sie gefangen war, die Dunkelheit und die Enge des Ganges waren überwunden.

Nach einigen Minuten sagte sie sich, sie habe nun lange genug die Schönheit dieses Ortes bewundert, es müsse nun endlich etwas passieren. Sie bückte sich, um sich von den Zweigen, die sich wie Fußfesseln um ihre Knöchel gelegt hatten, zu befreien - doch was war das? Mit diesem Zweig stimmte etwas nicht, er gab einfach nach, so als sei er aus ... er war aus Plastik, genau wie die anderen Zweige und die Blätter eines nahen Baumes auch. Sie konnte es nicht glauben; Plastikpflanzen waren zwar nichts Ungewöhnliches - ihre Tante hatte sogar so viele, dass Miramis sich jedes Mal an einen botanischen Garten erinnert fühlte, wenn sie ihren jährlichen Anstandsbesuch machte -, aber hier im Freien war es doch schon etwas seltsam. Jedenfalls konnte sie sich um so einfacher befreien und stand sofort auf dem Weg, den sie vorhin nur durch ein Loch der Plastikhecke sehen konnte. Auf der anderen Seite befand sich ein Wohngebäude mit drei Stockwerken; es sah heruntergekommen aus, Türen und Fenster waren vernagelt und auf der Fläche vor dem Haus war eine Wiese mit Gräsern entstanden, die ungefähr kniehoch waren. Hier hatten bestimmt seit Jahren keine Menschen mehr gewohnt. Aber in den Häuserblocks, die an einer Ecke begannen, würde sich bestimmt jemand finden, der ihre Fragen beantworten konnte. So marschierte sie auf dem schmalen Weg, bis sie an einer Hauptverkehrsstraße angelangt war. Die Breite definierte sie zwar als eine solche Hauptverkehrsstraße, aber ob man sie auch so nennt, wenn weit und breit weder ein Auto noch ein Mensch zu sehen ist

... - Miramis wurde unruhig, irgendwo hier musste doch jemand sein. Sie öffnete ein Tor, das den Vorgarten eines modernen Apartmentblocks von dem breiten Fuß- und Radweg abtrennte und ging auf die weiße Eingangstür zu. Ein halbes Dutzend Wohnungen schien es hier zu geben, der Anzahl der Klingelknöpfe nach zu urteilen. Wahrscheinlich sollten die asiatischen Schriftzeichen daneben die Familiennamen angeben, doch war es Miramis zur Zeit egal, wen sie belästigte, Hauptsache, sie würde überhaupt eine Person antreffen. Doch auch nach einigen Minuten ungeduldigen Wartens regte sich nichts, und in dieser Zeit war es auch auf der Straße völlig still geblieben: Ihre Unruhe wurde immer größer, zuweilen wünschte sie sich, den jungen Mann mitgenommen zu haben. Eigentlich sah das Gebäude noch sehr ansehnlich aus und auch der Rasen musste vor kurzem gemäht worden sein. Miramis ging einige Meter nach rechts und schaute von dort durch ein Fenster in ein kleines Zimmer, in dem neben einer blauen Couch noch ein Tisch, ein Schrank und viele kleinere Gegenstände standen. Dann entdeckte sie ein Glas, gefüllt mit - wahrscheinlich war es Wasser ... doch niemand war dort und auch ein neues Klopfen an der Scheibe rief keine Reaktion hervor. Entmutigt ging Miramis zurück, schloss das Tor hinter sich und stand nun wieder auf dem Gehweg, der sich kilometerweit in beide Richtungen fortzusetzen zu schien. Sie entschied sich für eine Richtung, mit dem alleinigen Ziel, einen Menschen zu sehen. Dieser Wille war nun stärker denn je und er verursachte eine Panik in ihr, die sie rennen ließ. Sie rannte, rannte minutenlang, doch niemand lief ihr über den Weg und keine Mütter blockierten mit ihren Kinderwagen den gesamten Gehweg - jetzt, wo Miramis es sich zum ersten Mal gewünscht hätte, - keine alten Frauen auf Fahrrädern, die sie selbst zu Fuß überholen konnte - allein, sie war ganz allein, zwischen diesen Gebäuden und auf dieser Straße ... nur sie!

Völlig erschöpft stoppte sie an einer Ecke, nicht in der Lage zu sagen, wie lange sie gerannt war. Sie schaute nach links und ... ja, dort links war ein Park, vielleicht der ideale Ort, um wieder normal zu werden, dachte sie. Es gab zwar keine Tiere, natürlich nicht, wie

hatte sie dies erwarten können, aber einige Bänke; eine davon stand unter einem Baum, einem Plastikbaum zwar, aber das war nun auch egal. Sie setzte sich, denn jetzt waren Ruhe und Besonnenheit gefragt, sie musste nachdenken über ihr weiteres Vorgehen. Eine Stadt, in der keine Lebewesen zu finden waren, die Häuser leer, die Rasenflächen aber gemäht und die Bäume aus Plastik - das konnte sie nur mit einem schlechten Science-fiction-Streifen verbinden, aber es war Realität. Eines wusste sie: Wenn sie diese Welt jemals wieder verlassen würde, würde sie keine Theorie über die Zukunft mehr für Unsinn erklären - alles ist möglich. Doch so wichtig solche Erkenntnisse auch waren, im Moment wollte nur eine Frage dringend beantwortet werden: „Wie komme ich hier weg?"
Ein neues Geräusch, und Miramis horchte sofort auf. In dieser Stadt hatte sich bisher nichts bewegt außer ihr, und jetzt, vielleicht doch ein Mensch. Erwartungsvoll blickte sie in die eine Richtung - nichts - außer Verkehrsschildern, die andere Richtung ni ... - was!? Sie wollte ihren Augen nicht trauen, denn sie

mussten sich täuschen, es war unmöglich, was sie da sah, - nein, es konnten da keine Verkehrsschilder aus der anderen Richtung kommen.

Jetzt bin ich verrückt, dachte sie unter Tränen und schaute nur noch nach unten. Das Geräusch kam näher ... -

„Da ist nichts," - immer näher - „nichts, gar nichts,"- doch dann sah sie doch auf und erblickte sie, wie sie sich auf sie zu bewegten, vier Verkehrsschilder. Ihr wurde schwarz vor Augen, nur noch diese grinsenden Verkehrsschilder sah sie und wusste nicht, wem sie näher war, dem Tod oder einem neuen Erlebnis.

Es war kalt, gerade zu eisig, als Miramis zu Bewusstsein kam. Sie wusste nicht, wo sie genau war, doch sie fühlte einen harten Untergrund, auf dem sie in gebückter Haltung lag. Erst der starke Geruch von Alkohol, der ihr immer wieder ins Gesicht gehaucht wurde, ließ sie die Augen aufreißen, und wie wild sprang sie auf, als sie sah, wer neben ihr lag. Es war ein Mann mit grauem Vollbart, gehüllt in eine große braune Decke mit einer Schnapsflasche daneben. Erst jetzt nahm sie sein lautes Schnarchen wahr und den bestialischen Gestank, der um sie herum herrschte. Sie befand sich unterhalb einer Brücke mitten in einer Stadt. Angeekelt entfernte sie sich, mit dem intensiven Wunsch, all dem schnell zu entfliehen.

Als sie auf eine Straße gelangt war, atmete sie erst einmal tief durch, doch dann brach sie in sich zusammen und fragte sich murmelnd immer wieder, wieso sie da hingekommen war. Nach einer kleinen Weile schlurfte ein Mann an ihr vorbei, der nicht sehr viel besser als der Mann unter der Brücke aussah. Er blieb stehen, drehte sich um, kam auf sie zu und fragte, ob sie Hunger habe. Sie nickte daraufhin leicht mit dem Kopf, und streckte ihr seinen Arm entgegen. Sie gingen auf ein nicht weit entferntes Haus zu, vor dem sich eine riesige Schlange von Menschen tummelte. Miramis stellte sich mit dem Mann hinten an, ohne dessen Stütze sie nicht hätte stehen können. Vor ihnen starrten alle wie gebannt auf die Fenster und die Eingangstür, durch die ein wenig Licht drang. Es wurde langsam dunkel, und die Menschen versuchten sich mit Gesprächen ein bisschen warm zu halten. Ein Gewirr von Stimmen nahm Miramis erst jetzt wahr und erkannte einen ihr vertrauten Dialekt wieder. Sie war zu Hause – in Berlin.

Nach einer Weile sagte der Mann: „Übrigens, ich heiße Karl."

Daraufhin stellte sich Miramis gleichfalls vor und sah Karl ins Gesicht. Er schien im besten Alter zu sein, war jedoch sehr abgemagert und hatte Augenringe, die deutlich hervorstachen. Auch fielen ihr nun die Kleidungsstücke auf, die er trug. Er hatte einen weißen

Hut mit schwarzen Streifen auf, der sie an Varieté-Sänger aus alten Filmen erinnerte. Ansonsten hatte er hauptsächlich schlichte, verblichene Kleidungsstücke an, die des Öfteren geflickt worden waren.
Langsam kamen immer mehr Leute und stellten sich hinter sie, darunter war auch ein Mann, der Karl offensichtlich kannte. Sie begrüßten sich und Karl stellte Miramis Egon vor. „Woher kommst du?" fragte er sie.
„Aus Berlin natürlich!" rief sie, wie aus der Pistole geschossen. Egon schaute sie verdutzt an. Nun hatte Karl anscheinend auch etwas bemerkt und fing an, Miramis von Kopf bis Fuß zu mustern. Miramis kam endlich aus ihrer Benommenheit heraus und fragte die beiden dann etwas aggressiv: „Was ist ...? Was habt ihr denn?" Jetzt fiel ihr schlagartig auf, dass sie wohl etwas auffällig gekleidet sein könnte, im Gegensatz zu den anderen Frauen, die sie in der Schlange sah. Miramis wurde ein wenig rot im Gesicht und sagte verlegen, dass ihr Bruder Schneider sei, und dass das bald in Mode käme. Die beiden schauten sich an und dann sagte Egon, dass dies ja auch nicht so

wichtig sei. Man habe ja heutzutage ganz andere Probleme.
Am Anfang der Schlange angekommen, konnten sie schließlich hineingehen. Da erblickte Miramis einen Tisch, auf dem viele Schüsseln aufgestapelt waren. Karl und Egon nahmen sich jeder eine und gingen zu einer Theke, wo eine Frau ihnen eine Kelle Eintopf in den Teller kippte. Dort nahmen sie sich jeder einen Löffel und warteten, bis Miramis auch so weit war. Nun kamen sie in einen großen schlichten Raum mit ein paar Tischen und Stühlen. Diese waren natürlich schon besetzt, sodass die Mehrheit auf dem Fußboden saß und dort ihren Eintopf aß. Karl fand eine kleine freie Ecke an der Wand, wo sie sich auf dem Boden setzten.
„Wo sind wir hier?" fragte Miramis nun endlich.
„In einer Notküche!" antwortete Karl, der sie ganz unverständlich anschaute. Miramis zuckte nur mit ihren Schultern. Sie war ganz verunsichert. Dann wendete sich Egon an Karl: „Weißt du schon, dass die Reichsbank morgen die 1000-Milliarden-Markscheine herausbringen wird?"

„Wirklich? Das hilft aber doch auch nicht viel weiter. Wir sollten so schnell wie möglich anfangen, auch Notgeld zu benutzen. In Borna bei Leipzig und Pößneck in Thüringen hat man Notgeld in Form von Lederstücken bekommen. Damit kann man wenigstens seine Schuhe besohlen," antwortete Karl.
„Immerhin etwas, was seinen Wert nicht so schnell über Nacht verliert," gab Egon zu. Nun wurde Miramis hellhörig. Sie wusste, dass sie in Berlin war, doch war alles anders, als sie es kannte. Was war hier los? Wieso war alles so fremd? Die Kleidung der anderen, die Gespräche, einfach alles erschien ihr merkwürdig. Plötzlich lächelte Karl vor sich hin: „Erinnerst du dich noch, wie viel die Tageszeitung vor einem Jahr kostete? Jetzt muss man 100 Milliarden Papiermark hinlegen. Unglaublich ..."
Nun ergriff eine andere Person, die neben Karl saß, das Wort: „Das stimmt, aber das Schlimmste ist doch, dass wir hier alle nur für dumm verkauft werden. Wir haben jahrelang hart gearbeitet, waren sparsam und ehrlich. Nun kommen diese kriminellen Schieber und diese miesen kleinen Raffkes an, die un-

seren Besitz wegnehmen und damit auch noch angeben!"

„Raffkes? Was ist das?" fragte Miramis. Alle schauten sie an, als wäre sie nicht ganz richtig im Kopf.

„Bist du sicher, dass du von hier bist?" fragte Egon.

„Was? Das will 'ne Berlinerin sein?"

Plötzlich standen alle auf, gingen raus, und verabschiedeten sich.

Nur Miramis stand noch vor der Notküche. Sie spürte die Kälte noch viel mehr als vorher und schaute auf den strahlenden Vollmond, der nun hinter ein paar dunklen Wolken am Himmel hervorkam. Wo würde sie wohl heute Nacht schlafen? Es war zu kalt, um sich stundenlang draußen aufzuhalten. Plötzlich rann ein Schauer über ihren Rücken und sie eilte Karl, der schon einige Hundert Meter entfernt war, hinterher. Als sie ihn schon fast eingeholt hatte, hörte er ihre lauten Schritte, blieb stehen, und drehte sich um. Außer Atem fragte ihn Miramis, ob sie mit ihm kommen könne. Sie erklärte ihm, dass sie keine Unterkunft habe und eine Bleibe finden müsse. Daraufhin schlug Karl vor, erst einmal zu seiner Familie mitzukommen. Nachdem sie eine Weile die Straßen entlang gelaufen waren, blieb er vor einem Haus stehen und öffnete die Eingangstür. Er gab ihr ein Zeichen, leise zu sein, und sie stiefelten endlose Treppenstufen hinauf, bis sie vor einer Wohnungstür angelangt waren. Wiederum öffnete er die Tür, und beide gingen hinein. Es war stockdunkel in dieser Wohnung und man konnte das ruhige Atmen mehrerer Menschen hören. Anscheinend schliefen schon alle. Karl nahm sie an der Hand und beide tapsten durch die Wohnung in ein hinteres Zimmer. Dort lagen einige Matratzen auf dem Boden, worauf schon ein paar Menschen schliefen. Karl wies ihr eine Ecke zu und legte sich auf eine andere Matratze in dem Raum. Miramis fielen die Augen sofort zu. Sie war unheimlich müde und schlief sofort ein.

Es war das Geschrei eines Kleinkindes und das Klimpern von Gegenständen, das Miramis erwachen ließ. Sie stand auf, öffnete die Tür und betrat das Esszimmer, in dem sich ein einfacher Tisch befand, um den Karl und seine ganze Großfamilie saßen. Karl stellte Miramis nun seinen Eltern, seinen Brüdern, seiner

Schwester, seinem Schwager und dem Neffen vor. Dann wurde ihr ein Stuhl angeboten und sie bekam ein kleines Stückchen Brot zum Frühstück. Währenddessen gab es ein heftiges Gespräch innerhalb der Familie: „Ich kann nicht mithelfen, einzukaufen. Ich habe eine neue Arbeit bekommen. Die Berliner Handels-Gesellschaft braucht Leute, die den Papierkram erledigen. Zugegeben, ich zähle auch nicht gerne die ganzen Nullen für diese Bank, doch es ist wenigstens Arbeit."

„Ja, hast ja Recht, aber ich bekomme heute meinen Lohn und brauche euch, damit wir das Geld so schnell wie möglich gegen Sachwerte eintauschen. Ich kann das nicht alles alleine machen. Miramis, willst du anstelle von Thomas einspringen? Du kannst mit Karl mitgehen." Miramis nickte, und dann wurde die Runde aufgehoben. Alle machten sich fertig und gingen aus dem Haus, außer Karls Mutter und ihrem Enkelkind.

Karl und Miramis waren inzwischen schon wieder auf einer Straße mitten in der Innenstadt, als Miramis Karl fragte, was sie jetzt machen würden. „Spazieren - sehen, ob wir uns etwas besorgen können - Holz fürs Heizen vielleicht. Mal sehn." Daraufhin wollte Miramis wissen, ob er denn keine Arbeit hätte, und er erklärte, dass er in einer Schlachterei gearbeitet habe, die habe aber schließen müssen. Der Erlös aus dem Ladenverkauf des Wochenendes war bei Beginn des Viehmarktes am folgenden Montag praktisch entwertet gewesen.

Nach einer Weile bemerkte Miramis: „Ich möchte ja nicht unverschämt sein, aber ... eure Wohnung ist etwas heruntergekommen."

„Ja, aber das war nicht immer so. Fast unseren ganzen Hausrat mussten wir an Raffkes verschleudern, um uns weiter über Wasser zu halten. Wir hatten sogar ein Klavier, das wir bei einem Bauern für Winterkartoffeln eingetauscht haben."

Nun setzten sie sich auf eine Parkbank und schauten genau auf eine gegenüberliegende Statue. Da bemerkte Miramis, dass sie diese Statue kannte. Dieser Platz und sogar einige Häuser waren ihr bekannt, nur der Penny-Markt an der Ecke war nicht da gewesen. Es waren überall Wohnhäuser. Plötzlich setzte sich eine ältere Frau neben Miramis auf die Parkbank und fing an, verwirrt zu reden: „Ich bin damals immer so gern in Cafés gegangen. Da war es noch schön. Jetzt ist es schlimm. Ich war gestern in einem und bestellte mir einen Kaffee. Als ich ihn bestellte, kostete er 5000 Mark, als ich bezahlen wollte, schon 8000 Mark. Ich kann es immer noch kaum glauben. Wann sind die Zeiten der Inflation denn endlich vorbei?"

Miramis und Karl verabschiedeten sich von der Frau und waren froh, entkommen zu sein. Inzwischen war es schon mittags, Karl und Miramis gingen wieder zu seiner Wohnung und holten einen Wäschekorb mit Einkaufsnetzen darin. Sie machten sich auf dem Weg zu einer Fabrik. Dort warteten sämtliche Menschen in einer Reihe, um ihren Lohn zu bekommen. Karls Bruder stand ziemlich weit vorne, und die beiden gesellten sich zu ihm. Als er an der Reihe war, halfen Miramis und Karl, das ganze Geld in den Wäschekorb und in die Einkaufsnetze zu stecken. Nun ging es los.

Karls Bruder nahm die ganzen Einkaufsnetze und Miramis den Wäschekorb. Wie wild rannten alle mit dem Geld los, bis sie irgendwo etwas einkaufen konnten. Bei einem Lebensmittelladen angekommen, waren Miramis und Karl

mitten in einem riesigen Gedränge. „Ich mach' das schon. Was soll ich kaufen?" fragte Miramis Karl.
„Alles, was du kriegen kannst - am besten haltbare Lebensmittel," antwortete dieser. Nun nahm Miramis den Wäschekorb mit all den Geldscheinen, teils nur von einer Seite bedruckt, und schlug mit ihren Ellbogen so um sich, dass sie bald ganz vorne stand. Da lachten sie fünf Einmachgläser mit Birnen an, die sie dann auch verlangte. Plötzlich konnte Miramis das Gewirr von Stimmen um sie herum weder hören, noch den Wäschekorb unter ihrem Arm fühlen. Es kam eine gewisse Leere über sie, die alles verschwinden ließ.

Ihre Augen tränten und diese unendlich große, blaue Wand schien immer schneller auf sie zuzukommen. Sie fühlte sich leicht, zu leicht, und der Wind blies ihr mit unglaublicher Stärke durch Gesicht und Haar. Außerdem wurde ihr kalt und auf einmal wusste sie es: Sie war gerade dabei zu ...
Plötzlich ging alles sehr schnell. Ein harter Schlag ließ ihren ganzen Körper beben und Miramis merkte, dass es um ihr herum ganz weich wurde. Merkwürdigerweise fühlte sie sich wohl und geborgen. Aber dann nahm sie wahr, dass sie nicht nur Kopfschmerzen hatte, sondern dass Wasser in ihre Lungenflügel eindrang. Es breitete sich ein Gefühl der Panik in Miramis aus, und sie begann wild um sich zu schlagen. Tausend Gedanken schossen ihr durch den Kopf, die sie gar nicht alle verarbeiten konnte, doch eines wusste sie: Sie musste hier weg, und das so schnell wie möglich. Aber wo war überhaupt „hier"?

Plötzlich berührte sie etwas am Kopf, Miramis richtete sich zu schnell auf und sank sofort mit einem dumpfen Laut wieder zurück. Sie hatte sich den Kopf gestoßen. Als sie endlich die Augen öffnete, sah sie eine verschwommene Gestalt vor sich, die freundlich lächelte. Es war ein ziemlich alter Mann mit Vollbart, langen Haaren und einem dicken Bauch. Eben wie ein richtiger Seemann aus dem Bilderbuch. „Haben wir endlich ausgeschlafen, mein Kind?"
Miramis erschrak! Mit so einer Stimme hatte sie überhaupt nicht gerechnet. Die klang viel zu hoch für seinen dicken Bauch und seinen Bart. Es war *doch* kein Bilderbuch-Seemann. „Du brauchst keine Angst zu haben," sagte er in seiner komischen Tonlage, „Wir sind hier ganz allein."
„We... we... wer sind Sie überhaupt, - und w... wo bin ich?" brachte Miramis über ihre Lippen. Sie konnte genau sehen, wie schwer der Alte Luft holte, um den folgenden Satz auszusprechen: „Man nannte mich... äh... Arohn..." Ein seltsamer Name, dachte Miramis. Aber irgendwie passte der Name zu ihm. Außerdem hatte sie auf einmal das Gefühl,

dass er sehr weise sein musste. Aber es war nur so ein Gefühl. - „ ... und du befindest dich auf meinem Floß."
„Und wo befindet sich Ihr... *Floß*?" fragte sie mit spöttischem Unterton. Sie wurde etwas wütend, dass der Alte solange brauchte, um mit der Sprache rauszurücken.
Zu Miramis' Erstaunen brach Arohn in schallendes Gelächter aus und die Tonlage ließ sie zusammenfahren. „Sehe ich aus wie ein reicher und junger Mann?"
Ehrlich gesagt wollte sie darauf lieber nicht antworten und stellte im Gegenzug eine weitere Frage: „Was hat das mit reich und jung sein zu tun? Sie sagen mir jetzt sofort, wo wir uns befinden oder ich..."
„Auf dem Weltmeer, wo sonst!"
Miramis fühlte sich verkohlt. „Und auf welchem, wenn ich fragen darf?"
Wieder schaute der Mann sie mit ungläubigen Augen an, und erst jetzt wurde ihm klar, dass das Geschöpf vor ihm rein gar nichts von dem Schicksal wusste, welches der Welt vor zwei Jahrzehnten widerfahren war.
Also beschloss er, der seltsamen Fremden alles über die weltweite Katastrophe zu

berichten. „Als wir damals die Nachricht von der zu starken globalen Erwärmung erhalten haben , hat niemand so richtig daran geglaubt. Jeder hat munter sein Leben weiter gelebt, und die Forscher hatten es erst für 90 Jahre später vorausgesagt."

Miramis wurde hellhörig: „Was haben die Forscher vorhergesehen?"

„Na die Apokalypse! Durch diese Hitze, die zu dem Zeitpunkt auf der Erde immer schlimmer wurde, sollten die Pole komplett abschmelzen. Die Wissenschaftler rechneten mit einem Anstieg des Meeresspiegels von rund 200 Metern, aber das Wasser stieg weit höher."

Miramis starrte ihn mit weit aufgerissenen Augen an. Was sie hier gerade hörte, das war ihre Zukunft. Ihre eigene Zukunft! Das glaubte sie nicht. Bestimmt war dieser alte Knacker nur ein Schwindler. Miramis entdeckte eine kleine Luke neben sich, riss diese auf und rannte hinaus. Sie dachte, dass jetzt gleich ein dunkler, grüner Wald vor ihren Augen auftauchen würde, und dass sie einfach nach Hause rennen könne. Aber vor Miramis zeichnete sich das ab, was sie nicht wahrhaben wollte: Ein riesiges dunkelblaues

Meer. Und nun wurde ihr klar, dass Arohn nicht gelogen hatte. Sie stand auf einem Floß, zusammengeschustert aus uralten Brettern und einigen Metallresten. Und noch etwas war seltsam. Sie brauchte eine Weile, um es zu erkennen, und dann fiel ihr auf, dass das Meer ganz ruhig war. Keine einzige Welle. Nichts! Normalerweise müssten auf hoher See riesige Wellen sein.

Und wieder hörte sie diese unheimliche Lache. Arohn holte tief Luft und sagte: „Dachtest du wirklich, du könntest einfach davonrennen? Es gibt keinen festen Boden mehr auf dieser Welt. Nicht ein einziger Quadratmeter mit Erde. Keine Blumen. Nichts! Und was das Schlimmste ist: Keine Bäume! Unser Schicksal ist auch noch zeitlich begrenzt. In nicht allzu langer Zeit werden die ersten Überlebenden nach Luft ringen."

Miramis schluckte. Allein der Gedanke, dass sie irgendwann auf dem Boden, besser gesagt auf dem Deck des Floßes liegen würde und nicht mehr atmen könnte, ließ eine gewaltige Wut und zugleich eine Übelkeit in ihr aufsteigen. Am liebsten würde sie in genau diesem Moment alle Leute umbringen, die für diese Katastrophe verantwortlich waren. Doch Miramis musste daran denken, dass sie bei sich anfangen könnte. Mit jeder Lampe, die sie eingeschaltet hatte, mit jeder Strecke, die sie mit dem Mofa zurückgelegt hatte, mit jedem Öffnen des Kühlschranks hatte sie einen weiteren Stein auf den Turm gelegt, der vor kurzer Zeit in dieser fremden Welt zusammenbrach.

Sie wurde von einem heftigen Ruck aus ihren Gedanken gerissen und hatte nun wieder die triste Umgebung vor ihren Augen. Das Wasser war nicht mehr so friedlich, wie es anfangs schien. Luftblasen und heißer Dampf stiegen rund um das riesige Floß auf und ließen es stark erbeben.

Miramis stolperte nach hinten und griff instinktiv nach einem Halt. Doch das war ihr Fehler. Denn als sie glaubte, sie bräuchte sich einfach nur festzuhalten, fiel sie rückwärts in eine Kiste mit einem Netz. Sofort danach hagelte es Töpfe und Pfannen. Nachdem sie sich auch noch im Netz verknotet hatte, brauchte sie eine Weile, um sich zu befreien. Sie konnte Arohn erkennen, der dabei war, ein paar Hebel umzulegen, worauf ein lautes

Knattern zu hören war. „Was war das eben? Ein Seeungeheuer?"

„*Ein Seeungeheuer*!" wiederholte Arohn spöttisch. „So langsam spielt deine Phantasie verrückt. ... äh, ich weiß nicht genau, aber an nur einer Stelle auf dem ganzen Weltmeer gibt es dieses Phänomen, das gerade. Und diese Stelle befindet sich auf dem amerikanischen Meer."

„Und was war das nun?"

„Kanntest du die Wasserfontänen, die im Yellowstone Nationalpark ab und zu hochschossen?"

„Na klar, ich war schon dort. Aber was hat... „

„Das waren sie eben. Wir haben Glück gehabt, dass wir nicht genau drüber waren, sonst wären wir womöglich gekentert."

„*Wie* - Sie wollen ernsthaft behaupten, dass das hier gerade eben die Fontänen waren, die in Amerika immer..."

„Genau *die*, mein Kind. Und außerdem heißt das, dass wir bald am Ziel unserer Reise sind."

Welches Ziel? schoss es Miramis durch den Kopf. Aber aus irgendeinem Grund wollte sie nicht danach fragen. Sie hatte zu viel Schockierendes in der letzten Stunde gehört, und dabei wollte sie es erst einmal belassen. Miramis ging ohne ein Wort zu sagen unter Deck und legte sich dort hin, wo sie auch aufgewacht war. Sie hatte gehofft, dass der Alptraum da enden würde, wo er auch angefangen hatte. Doch stattdessen fiel sie in einen tiefen und zugleich unruhigen Schlaf.

Nach ein paar Stunden wachte sie durch einen Schmerz an ihrem Kopf auf. Hatte sie sich schon wieder gestoßen? Und war sie überhaupt noch da, wo sie eingeschlafen war? Auf einmal kam ihr der Gedanke, dass sie das alles nur geträumt haben könnte, doch von draußen kam ein schrecklich hoher und quietschender Gesang. Arohn! Als sie nach draußen ging, wurde ihr leicht schwindelig, und ihren Augen fiel es schwer, sich an das grelle Orange zu gewöhnen. Das Floß glitt in zügigem Tempo übers Wasser und erst jetzt erblickte Miramis die prall gefüllten Segel.
Der alte Mann lächelte sie fröhlich an und sang einfach weiter. Er sah ziemlich zufrieden aus und es fehlte nur noch, dass er sich andauernd auf die Schulter klopfte. Als hätte er den Fang des Jahrhunderts gemacht.

„Wohin fahren wir?" wollte Miramis wissen. Arohn streckte seinen Arm in Richtung des Bugs aus und sagte: „Dahin!" –
Oh mein Gott, dachte Miramis. Sie glaubte nicht, was sie da sah. Eine riesige Kuppel tat sich vor ihnen im Meer auf. Im Durchmesser war sie bestimmt so groß wie ein paar Dutzend Fußballfelder zusammen. Es hatte den Anschein, als schwimme dort vor ihnen die größte Boje der Welt. *„Was... was ist denn das?"* Dass Miramis überhaupt noch etwas sagen konnte, grenzte schon an ein Wunder.
„Das, meine Kleine, ist Tannelorn. Die Stadt der Reichen und Schönen."
„Aber ich dachte, es gibt kein Land mehr auf der Erde?" Für Miramis wurde alles immer schlimmer und verdrehter.
„Die Stadt ist ja auch nicht auf dem Erdboden erbaut worden. Das ist sozusagen ein riesiges Floß. Die eine Hälfte befindet sich über dem Wasserspiegel und die andere darunter. Knapp eine halbe Million Menschen leben dort."
„Und wieso *Sie* nicht?"
„Weil ich kein Geld besitze und weil ich nicht schön und gesund bin. Außer solchen Leuten darf da niemand rein." Miramis hatte

eigentlich erwartet, dass Arohn beim Aussprechen dieses Satzes anfangen müsste, Gefühle zu zeigen, aber er regte sich nicht.
„Und was machen wir hier, wenn wir nicht einmal hinein dürfen? Uns lassen die doch bestimmt nicht rein, sagten Sie das nicht?"
„Oh doch, doch," sagte Arohn mit stolzer Stimme, „ich habe dort einen alten Freund, dem ich noch einen Gefallen schuldig bin."
Miramis wurde hellhörig: „Und wieso nehmen Sie mich zu ihm mit?"
„Weil ich dich erstens nicht einfach mitten auf dem Meer aussetzten würde und weil du meinem Freund bestimmt gefallen wirst. Dafür bekomme ich garantiert einen großen Batzen Geld, und damit könnte ich ... könnte vielleicht ..."
Miramis starrte Arohn mit weiten Augen an. Was für ein mieser Plan, den er geschmiedet hatte. Heimlich wollte er sie einfach verkaufen und sich aus dem Geld ein schönes Leben machen. Ihr Magen drehte sich bei dem Gedanken um, doch sie konnte die ansteigende Übelkeit noch rechtzeitig unterdrücken. Dafür stieg in Miramis etwas ganz anderes empor: Und zwar eine ungeheure Wut, die sie

jedoch nicht zurückhalten konnte. Am liebsten wollte sie ihn töten. Einfach nur töten! Wie kann ein Mensch, wenn er überhaupt einer war, mit solchen Methoden sein Geld verdienen. Er hatte gar nicht das Recht, jemanden wie ein Haustier zu verkaufen.

„Und Sie glauben wirklich, dass ich dabei mitspiele? Da haben Sie sich aber geschnitten!" Sie geriet immer mehr in Rage. Arohn lächelte wieder nur freundlich und sagte: „Was bleibt dir anderes übrig? Willst du ins Wasser springen und davonschwimmen? Das wäre dein sicherer Tod. Selbst wenn du versuchen würdest, zu einem der anderen Flöße zu schwimmen, würdest du dort niemals ankommen, da dich sofort die Tiere des Meeres angreifen würden."

Was nun? Miramis hatte tatsächlich bereits mit dem Gedanken gespielt, sich auf ein anderes Floß zu retten. Und da kam ihr die Idee. Sie hatte einfach keine andere Wahl. Sie musste es tun. Sie rannte blitzschnell auf Arohn zu, umklammerte ihn und wollte ihn zum Rand des Floßes ziehen. Doch Arohn war viel schwerer, als sie angenommen hatte. Er fiel auf das Deck und brauchte nur kurze Zeit, um sich zu orientieren. Wenn Miramis nicht sofort etwas einfiel, dann war sie verloren. Entweder würde sie als Sklavin enden oder als Futter für die unheimlichen Wesen unter ihr.

Ihr Blick fiel auf die Bratpfanne, die sie vorhin einfach weggeschleudert hatte. Sie nahm die Pfanne, verstärkte ihren Griff und schlug mit einem lauten Gong gegen Arohns Schädel. Durch die Wucht des Schlages taumelte er blindlings zurück, stolperte über einen Topf und fiel ins Wasser. Es dauerte nur einige Sekunden, bis das Wasser ganz unruhig wurde und Arohn anfing zu schreien und um sich zu schlagen. Das Wasser färbte sich rot und Miramis konnte mehrere eigenartig geformte Wesen erkennen.

Sie stand bestimmt eine Viertelstunde am Heck und schaute auf die Stelle, wo Arohn vor einigen Minuten noch um sein Leben gekämpft hatte.

Plötzlich wurde es dunkel. Sie bemerkte erst gar nichts, aber dann drehte sie sich um - und erschrak schon wieder, wie bereits des Öfteren am heutigen Tag. Ein riesiges Gebäude tat sich vor ihr auf. Es war Tannelorn. Sie musste in der Zwischenzeit

Kurs auf die seltsame Stadt genommen haben. Hinter der großen Kuppel, die aus Glas bestand, konnte sie Tausende von kleinen Häusern erblicken. Es waren bestimmt an die hundert Etagen, die durch ein seltsam wirkendes Rohrsystem verbunden waren. Alles wirkte so unwahrscheinlich modern. Bis auf die Glaskuppel. Die zeugte zwar auch von hoher Technik, aber die Seevögel taten ihr Bestes, um diese nicht so aussehen zu lassen.

Als Miramis aus dem Staunen wieder herauskam, musste sie sich schnellstmöglich wichtigeren Dingen zuwenden. Sie drohte nämlich, gegen die Kuppel zu fahren und bei der Geschwindigkeit, die sie fuhr, würde das kein tolles Erlebnis werden. Außerdem lauerten die unbekannten Wesen noch unter ihr, die Arohn ohne zu zögern verschlungen hatten.

Aber was konnte sie nur tun? Wie hatte Arohn bloß dieses Floß gelenkt? Wenn dies ein normales Segelboot gewesen wäre, dann wäre das alles kein Problem für sie, denn segeln konnte sie. Aber hier musste man nicht an irgendeinem Tau ziehen oder einfach mit der Pinne lenken, sondern es gab einen Dschungel von Hebeln und Knöpfen. Miramis musste etwas unternehmen. Aber was? Sie nahm den erstbesten Hebel und legte ihn um. Nichts geschah! Dann war der Nächste an der Reihe. Diesmal wurde das Segel noch straffer, und das Floß gewann immer mehr an Fahrt. Sie geriet sehr stark in Panik, als sie kurz vor sich die Kuppel erblickte. Sie konnte Menschen erkennen, die hinter dem Glas standen und sie erstaunt anguckten. In ihrer Not legte Miramis weitere Hebel um und sie konnte erkennen, wie insgesamt sieben Lampen auf dem Fahrerpult anfingen zu leuchten. Dann begannen sie nacheinander in verschiedenen Farben zu blinken, und es gab einen lauten Knall. Was genau geschah, wusste Miramis im Nachhinein nicht mehr, nur, dass es ganz weich um sie herum wurde und dass etwas in ihre Lungen hinein wollte ...

Miramis' Panik wurde immer größer. Jetzt plötzlich wusste sie auch, was da so weich um sie herum war. Es war Wasser, überall wo sie hinschaute, war nichts als Wasser. Aber da war noch etwas anderes, das sie verwunderte, ja sogar beängstigte. Dieses Gewässer war anders als das, in welches sie vorhin hinein gefallen war. Es war nicht ruhig, sondern hatte eine mehr oder weniger starke Strömung. Doch bevor Miramis sich darüber weitere Gedanken machen konnte, fiel ihr ein, dass sie langsam anfangen sollte, ans Auftauchen zu denken, wenn sie nicht ertrinken wollte.

Als sie die Wasseroberfläche erreichte, strahlte ihr grelles Licht entgegen und ihre Augen brauchten ein wenig Zeit, um sich an die unerwartete Helligkeit zu gewöhnen. Miramis rang immer noch kräftig nach Luft, aber sie stellte fest, dass es ihr plötzlich leichter fiel als noch vor ein paar Minuten.

Die Luft schmeckte wunderbar und es roch angenehm nach Blumen und Bäumen.
Es versetzte sie keineswegs mehr in Erstaunen, eine völlig andere Landschaft vorzufinden, als die, die sie eben so plötzlich verlassen hatte. Langsam begann sie, sich an ihre doch recht merkwürdige Reise zu gewöhnen. Konnte man es überhaupt Reise nennen? Es waren wohl eher Sprünge – Sprünge von einem Jahrhundert ins nächste, oder sogar Jahrtausend, wenn sie an die Steinzeit zurückdachte. Miramis hatte das Bedürfnis, sich endlich einmal genauer mit dem zu befassen, was da eigentlich mit ihr passierte. In einem Punkt wenigstens war sie sich ganz sicher: Normal war das Ganze jedenfalls nicht, und es würde wohl nicht allzu einfach werden, die Lösung für dieses Rätsel zu finden. Aber jetzt hatte sie ja erst einmal genug Zeit, darüber nachzudenken, denn dieses Land kam ihr, verglichen mit ihren Erfahrungen, sehr friedlich vor.
Durch ihr unentwegtes Grübeln hatte Miramis völlig vergessen, dass sie sich immer noch im Wasser befand. Da ihre Gliedmaßen vom Schwimmen nun aber doch langsam müde wur-

den, begann sie jetzt erst einmal, in Richtung Ufer zu schwimmen. Sie hatte nach so langer Zeit im Wasser ein starkes Bedürfnis, endlich wieder festen Boden unter den Füßen zu spüren. Mit letzter Kraft erreichte sie die schilfbewachsene Böschung und zog sich daran hoch. Schließlich rollte sie sich auf den Rücken und blinzelte in den Himmel. Er war klar, bis auf vereinzelte kleine schneeweiße Wolken, und die Sonne stand höher, als Miramis es jemals erlebt hatte. Es war wunderbar warm - vielleicht sogar ein bisschen zu warm, aber genau richtig, um endlich einmal wieder trocken zu werden.

Der schmuddelige alte Kittel, den sie bei Arohn in seinem „Floßhaus" gefunden hatte, klebte ungemütlich an ihrem Körper, und so zog sie ihn aus. Vor lauter Erschöpfung schlief sie schließlich ein und träumte einen wirren Traum, in dem sich alle ihre Erlebnisse zu einem bunten verschwommenen Bild vereinigten .

Miramis wurde durch ein heftiges Knurren in ihrer Magengegend geweckt. Klar, dass sie irgendwann auch einmal ans Essen denken musste. Auch hatte sie sich noch gar nicht richtig

in dieser Gegend umgesehen. So stand sie auf, schlüpfte in ihren längst trocken gewordenen Kittel und betrachtete die Landschaft um sich herum.
Zuerst dachte Miramis, sie wäre wieder einmal in einem Wald gelandet, aber dann stellte sie fest, dass es sich bei den riesigen Gewächsen, die sie überall sah, nicht um Laub- oder Nadelbäume, sondern um Palmen handelte, was darauf schließen ließ, dass sie sich wohl in den Tropen befand, oder zumindest nahe dabei.
An den Palmen wuchsen in luftiger Höhe Kokosnüsse, Datteln, Bananen und viele andere Früchte. „Mist," dachte Miramis, „wie soll ich da oben bloß rankommen?" Dann kam sie auf eine Idee. Sie nahm eine Kokosnuss, die sie unter einer Palme gefunden hatte, und warf sie so hoch sie konnte, in der Hoffnung, ein paar Bananen damit zu treffen. Sie hatte Glück. Da die Bananen schon sehr reif waren, hingen sie nur noch sehr locker an der Staude, und so fielen nach mehreren Versuchen einige hinab. Miramis war recht stolz auf sich und machte sich sofort über ihr Bananenmenü her. Danach war ihr Hunger fürs Erste ge-

stillt, aber dafür bekam sie jetzt großen Durst, und so lief sie zurück zum Fluss, um ein wenig Wasser zu trinken. Es schmeckte einfach wunderbar, viel besser als das Leitungswasser zu Hause.

Während sie sich so über das Wasser beugte und überlegte, wie sie ihre Reise fortsetzen könnte, entdeckte sie plötzlich im Schilf ein kleines Boot, das noch in einem ziemlich guten Zustand zu sein schien. „Das kann doch wohl nicht wahr sein;“ dachte Miramis, „das ist ja wie in einem schlechten Roman!“ Aber dann überlegte sie natürlich nicht lange und begann, das Boot ins Wasser zu schieben. Sie watete hinterher, kletterte hinein und ihre Reise konnte beginnen.

Miramis ließ sich gemütlich von der leichten Strömung treiben, und es wollte gerade ein Gefühl von richtiger Romantik in ihr aufkommen, als sie plötzlich hinter sich ein Geräusch hörte. Es klang wie ein Wimmern, sehr leise, aber doch deutlich, und als sie sich umdrehte, sah sie in einiger Entfernung etwas auf dem Wasser treiben. Miramis fürchtete, dass es sich um ein Krokodil oder ähnliches handelte, das sie verfolgte. Da sah sie, es war nur ein Korb.

Ohne zu überlegen ergriff Miramis den nächstbesten Ast, der über den Fluss ragte, und hielt sich und das Boot daran fest. Der Behälter, es war ein Binsenkörbchen, kam immer näher. Plötzlich wurde Miramis von einer schockartigen Erkenntnis durchflutet, die sie fast aus dem Boot geworfen hätte. Ein Binsenkörbchen, das auf einem tropischen Fluss treibt und aus dem ein Wimmern dringt?! – Das konnte doch nur ...

Durch diesen Schock hätte sie das Körbchen beinahe vorbei treiben lassen. Doch sie konnte es noch gerade noch mit einer Hand erwischen. In Gedanken malte sie sich bereits aus, wie sie die gesamte biblische Geschichte durcheinander brachte, während sie das Körbchen zu sich ins Boot zog.

Das Wimmern wurde immer stärker, und Miramis begann, teils neugierig, teils ängstlich, den Deckel zu öffnen. Als sie dann in die großen und strahlend blauen Augen blickte, die sie so angsterfüllt anstarrten, wusste sie nicht, ob sie enttäuscht oder erleichtert sein sollte, und brachte erst einmal nichts als ein

„Oh!" heraus. Das kleine Geschöpf jedenfalls begrüßte sie mit einem kläglichen „Miau!" und begann sofort, seinen Weg aus dem Korb zu suchen. „Na ja," sagte Miramis, „jedenfalls bin ich jetzt nicht mehr so allein. Ich werde dich Moses nennen."

Zusammen mit Moses setzte sie ihre Fahrt fort und hatte nun genug Zeit, die Landschaft zu betrachten. Allerdings sah sie im Augenblick nicht mehr als nur Felder und hier und da ein paar Palmen. Aber Moment mal, da hinten erhob sich doch noch etwas in den Himmel, das ganz bestimmt keine Palme war. Es war irgendwie dreieckig und sah aus wie, wie eine ... – natürlich, es war eine Pyramide! Miramis war in Ägypten gelandet. „Klasse!" rief sie. „Da wollte ich doch immer schon mal hin!" Sie interessierte sich nämlich sehr für die Ägypter und die Bauweise ihrer Pyramiden und konnte es gar nicht abwarten, endlich einmal eine aus der Nähe zu sehen.

Miramis griff erst einmal wieder zu einer Banane, von denen sie sich reichlich als Vorrat mitgenommen hatte. Moses mochte leider kein Obst, aber etwas anderes hatte Miramis

leider nicht. Er musste sich eben daran gewöhnen.
Es dauerte nicht lange, da trieb das Boot auf eine Art Baustelle am Fluss zu. Viele Leute waren hier beschäftigt, aber Miramis konnte nicht erkennen, was sie taten, und so beschloss sie, anzulegen und das ganze Geschehen aus der Nähe zu betrachten. Da sie keine Paddel oder ähnliches besaß, versuchte sie, mit den Händen das Boot zu steuern. Sie lehnte sich so weit wie möglich über die Reling, ruderte mit den Armen, so stark sie konnte, und auf Grund der nur schwachen Strömung gelang es ihr tatsächlich, das Boot immer mehr in Richtung Ufer zu lenken. Schließlich konnte sie ein paar Grasbüschel erwischen und das Boot zum Stillstand bringen. Moses machte ein ziemlich merkwürdiges Gesicht, aber er hatte nichts dagegen, sich von Miramis ans Ufer setzen zu lassen. Nachdem auch Miramis ausgestiegen war, zog sie das Boot aus dem Wasser; sie konnte es bestimmt noch einmal gebrauchen.
Da Miramis kein schüchternes Mädchen war, ging sie ohne jede Furcht auf die riesige Gruppe von Arbeitern zu. „Gruppe“ konnte

man es eigentlich gar nicht nennen. Die Männer und - wie Miramis jetzt erkannte - auch Frauen waren überall verteilt und es waren so viele, dass Miramis ihre Zahl nicht einmal schätzen konnte. Die Männer waren damit beschäftigt, den Lehmboden abzustechen und große Brocken davon auf Karren zu laden. Vereinzelt liefen Frauen mit Krügen herum, um den Männern zu trinken zu geben. Alle machten einen erschöpften Eindruck. Miramis bemerkte auch einige Männer, die nicht arbeiteten, sondern nur zu beobachten schienen, was die Arbeiter taten. Plötzlich brach einer der Arbeiter zusammen, und was Miramis jetzt sah, ließ ihr das Blut in den Adern gefrieren. Einer der Aufseher, wie Miramis sie für sich bezeichnete, ging zu dem erschöpften Mann und schlug mit einer Peitsche auf ihn ein! Jetzt wurde Miramis alles klar. Die Männer und Frauen waren Sklaven, und Miramis befand sich im Ägypten vor einigen Jahrtausenden! Ihre Intuition teilte ihr mit, dass es besser wäre, möglichst schnell die Flucht zu ergreifen, doch kaum hatte sie sich umgedreht, hörte sie auch schon eine laute,

drohende Stimme, die zu ihr herüberdrang: „Wo willst du denn hin?!"
Miramis stand starr vor Schreck. Langsam drehte sie sich wieder um und fand sich einem riesigen Mann gegenüber, der sie aus finsteren Augen anblickte. „Wolltest wohl abhauen, was? Mach, dass du an die Arbeit kommst, sonst wirst du die hier zu spüren bekommen." Er zeigte dabei auf seine Peitsche und Miramis bekam schreckliche Angst, so dass sie ohne zu überlegen einfach auf eine Frau mit einem Krug zulief. Diese bemerkte Miramis überhaupt nicht und verteilte weiterhin still ihr Wasser. Als Miramis sich von ihrem Schreck erholt hatte, sprach sie die Frau an.
„Was tut ihr hier?" fragte sie, und überlegte dabei, ob die Frau sie überhaupt verstand. Doch diese hatte sich bereits verwundert zu ihr umgedreht und antwortete: „Das weißt du nicht? Ach, du bist ja ganz durcheinander, mein armes Kind. Ja, die harte Arbeit und dazu diese unerträgliche Hitze, das macht uns alle irgendwann verrückt. Aber nun lauf geschwind und fülle einen Krug mit Wasser!

Die nächsten Wagen sind bereits voll. Du musst die Männer begleiten."
Miramis lief wie in Trance zum Fluss, füllte einen dort liegenden Wasserkrug und lief zu den Karren, die sich bereits in Bewegung gesetzt hatten. Sie wurden jeweils von mehreren Sklaven gezogen, welchen man deutlich ansah, dass sie bereits am Ende ihrer Kräfte angelangt waren. Miramis zögerte, wollte weglaufen und sich verkriechen, aber sie wusste, dass ihr nichts anderes übrig blieb, als sich dem Zug anzuschließen.
Als ein Mann um Wasser bettelte, ging Miramis zu ihm und reichte ihm ihren Krug. Der Mann griff dankbar danach und trank gierig daraus. Plötzlich erschien einer der Aufseher, entriss ihm den Krug und schrie Miramis an: „Das Wasser muss für den ganzen Weg reichen, kapierst du das nicht?"
Miramis hätte am liebsten angefangen zu weinen, doch das brachte jetzt auch nichts und so schluckte sie den Kloß in ihrem Hals herunter und lief weiter. Sie ließ ihren Blick sehnsüchtig in die Ferne schweifen und wünschte sich nur noch, ganz weit weg von hier zu sein.

Auf einmal sah sie am Wegrand eine kleine Katze neben sich herlaufen. „Moses, dich hatte ich ja ganz vergessen!" rief sie erfreut und wollte gerade zu ihm laufen, doch da bemerkte sie, wie bereits einer der Aufseher versuchte, ihn einzufangen. Er stellte sich allerdings dermaßen dämlich dabei an, dass es für Moses kein Problem war, zu entkommen. Miramis hätte beinahe über das ungeschickte Verhalten des Mannes gelacht, wenn sie nicht enttäuscht gewesen wäre, Moses schon wieder verloren zu haben. Überhaupt fand sie ihre ganze Situation im Moment eher zum Heulen.
Hängenden Kopfes marschierte sie weiter, bis sie auf einer Anhöhe angelangt waren. Was sie dann sah, ließ ihr Herz für einen Moment aussetzen und dann wie wild weiterschlagen. Vor ihr erhob sich eine riesige Pyramide. Miramis schnappte nach Luft und kniff sich selbst in den Arm, um sich zu vergewissern, dass sie nicht träumte. Nein, es war die pure Wirklichkeit, und von dieser wurde sie auch sofort wieder eingeholt, indem sie einen kräftigen Stoß in den Rücken bekam, der sie zum

Weitergehen antrieb. Natürlich, die Männer arbeiteten an einer Pyramide!
Offenen Mundes lief sie dem gewaltigen Bauwerk entgegen, das genau dem entsprach, was sie sich immer darunter vorgestellt hatte: Es war groß - ausgesprochen groß sogar – dreieckig und geometrisch perfekt. Ja, perfekt! - Miramis fiel auf, dass die Pyramide bereits fertig war, und so fragte sie einen der Männer, der neben ihr ging, wofür denn der ganze Lehm noch gebraucht würde. „Nun, das hast du schon richtig erkannt, mein Kind," begann der Mann flüsternd und mit einem ängstlichen Seitenblick zu dem Aufseher, denn Unterhaltungen waren eigentlich verboten. „Die Arbeit an diesem Bauwerk wurde vor kurzem abgeschlossen. Doch wie immer wurde uns auch dieses Mal keine Pause vergönnt. Wir haben bereits mit dem Bau der nächsten Pyramide begonnen. Der Lehm wird für die Rampen, die ringsum den Bau errichtet werden, gebraucht. Schließlich müssen die Steine ja irgendwie auch in die oberen Bereiche gelangen, nicht wahr? Wir werden übrigens gleich noch bei der Pyramide da vorne Halt machen, denn

dort liegen noch allerhand Werkzeuge herum, die wieder gebraucht werden."

Mehr erfuhr Miramis nicht, denn der Mann erblickte einen sich nähernden Aufseher und wandte sich schnell ab. Staunend setzte sie ihren Weg mit den anderen fort. Das, was sie sah und hörte, übertraf wirklich alle ihre Erwartungen. Sie vergaß sogar ihre große Niedergeschlagenheit und konnte es kaum erwarten, endlich bei der Pyramide anzukommen. Am liebsten wäre sie schon vorausgerannt, doch sie konnte sich vorstellen, dass dies das ohnehin schon schlechte Verhältnis zu dem Aufseher nicht unbedingt gebessert hätte. Also zügelte sie ihr Temperament und verharrte still und ordentlich bei der Gruppe.

Endlich erreichten sie die Pyramide und die Sklaven begannen sofort, Seile, Rundhölzer und viele andere Dinge aufzusammeln und in einen noch leeren Wagen zu verfrachten. Miramis hingegen lief staunend an der Pyramide entlang und berührte hin und wieder ehrfurchtsvoll die riesigen Steine, die sie selbst um einiges überragten. Sie konnte sich beim besten Willen nicht vorstellen, wie die Menschen es angestellt hatten, die Steine hierher zu transportieren, geschweige denn sie aufeinanderzusetzen. Miramis beschloss, einfach einen der Männer zu fragen, doch da bemerkte sie, dass diese bereits mit ihrer Arbeit fertig waren und wohl jeden Moment wieder aufbrechen würden. Miramis wollte sich zuerst ganz selbstverständlich dem Zug wieder anschließen, als sie plötzlich eine Idee hatte. Hatte sie sich nicht noch vor kurzem gewünscht, einmal das Innere einer Pyramide zu sehen? Wenn sie jetzt ...

Sie überlegte gar nicht erst weiter, sondern rannte nach kurzer Blick, ob sie auch niemand beobachtete, zum Eingang der Pyramide. Sie blieb unbemerkt, denn alle waren viel zu beschäftigt, die letzten Spuren der Arbeit zu beseitigen. So erreichte Miramis glücklich den Eingang, schlüpfte hinein und versteckte sich hinter einem Mauervorsprung. Sie hörte noch, wie sich die Arbeiter langsam entfernten, doch dann bemerkte sie erstaunt, dass sie durch all die Aufregung schon wieder wahnsinnig müde war. „Oma hat doch Recht, ich bin eine Schlafmütze," dachte sie noch, als sie sich langsam zurücklehnte und ihre Augenlider auch schon zu fielen.

Miramis wusste gar nicht, wie lange sie geschlafen hatte, als sie plötzlich durch ein seltsames Geräusch geweckt wurde. Bei genauerem Hinhören erkannte sie ein langsam anschwellendes Gemurmel, das sich schließlich als getragener Gesang entpuppte. Er näherte sich Miramis immer mehr und es dauerte nicht lange, da wurde der Eingang bereits von einigen Kerzen erleuchtet, und Miramis sah einige Gestalten in langen Gewändern langsam an sich vorüberziehen. Ihnen folgte ein großer, länglicher, mit Tüchern verhangener Kasten, der von mehreren Männern getragen wurde. Miramis' Körper war wie versteinert. Wenn sie nicht alles täuschte, handelte es sich hier um eine Beerdigung, und dann war dies ... dann war der Kasten ... - es war der Sarkophag des Pharao! Einer plötzlichen Eingebung folgend, krabbelte sie blitzschnell darunter und folgte, von den Tüchern geschützt, dem Zug, ohne zu wissen, was sie erwartete.

Der Weg schien endlos zu sein, und Miramis' Knie waren von den vielen Steinchen auf dem Boden schon ganz aufgeschlagen, doch auf einmal kam der Zug zum Stillstand und auch der Gesang brach ab. Nur Miramis' Herzklopfen durchbrach die Stille, die sie nun umgab, und sie befürchtete schon, es würde sie verraten, doch da begann auch schon einer der Männer zu sprechen. Er redete in einer Sprache, die Miramis nicht verstehen konnte, und sie hätte so gerne gesehen, was sich um sie herum abspielte, doch sie wagte nicht, ihr Versteck zu verlassen. Dann setzte der Gesang wieder ein, und Miramis glaubte, dass nun ein günstiger Augenblick sei, unbemerkt aus ihrem Versteck hervorzukriechen, doch da hörte sie plötzlich ein ohrenbetäubendes Quietschen und Krachen, gefolgt von einem fürchterlichen Knall, der Miramis erschreckt zusammenfahren ließ. Ihr ganzer Körper wurde von einer schrecklichen Ahnung durchflutet und setzte sich auf einmal wie von selbst in Bewegung. Miramis rannte auf eine Wand zu, an der sie den Ausgang vermutete. Sie fand ihn nicht, fuhr herum und suchte die anderen Wände mit Augen und Händen ab. Doch da war nichts, nicht einmal ein kleiner Spalt. Verzweifelt schaute Miramis sich um.

Erst jetzt bemerkte sie, dass sich nur noch der goldene Sarkophag und einige Männer, die

alle gleich aussahen, in dem Raum befanden. Diese hatten ihren Gesang abgebrochen und betrachteten Miramis mit weit aufgerissenen Augen. Miramis brüllte sie ohne jeden Respekt und mit panikerfüllter Stimme an: „Wie kommen wir hier wieder raus? Warum gibt es keinen Ausgang?"
Der Mann, der als erster seine Sprache wieder gefunden hatte, antwortete ihr mit ruhiger Stimme: „Die Tür bleibt für immer geschlossen. Wir sind Priester des Pharao und begleiten seine Seele ins Himmelreich. Auch dir wird nun die große Ehre zuteil, ihm folgen zu dürfen. Und jetzt sei still, und störe seinen Frieden nicht weiter." Dann beachtete er sie nicht länger und begann, zusammen mit seinen neun Gefährten, wieder leise zu singen. Miramis wollte schreien, aus Angst, Wut und Verzweiflung, einfach nur schreien, doch da spürte sie plötzlich wieder dieses ihr inzwischen so gut bekannte Gefühl, und sie glaubte, von den sie umringenden Wänden erdrückt und gleichzeitig von einem unglaublich starken Wirbelwind fortgetragen zu werden ...

Miramis fühlte sich schwach, und in weiter Ferne hörte sie Geräusche, die ihr seltsam bekannt vorkamen. Sie versuchte die Augen zu öffnen, doch dazu fehlte ihr die Kraft. Sie verharrte still, und langsam begann sie wieder etwas wahr zu nehmen, die Geräusche wurden lauter, und Miramis versuchte verzweifelt diese zuzuordnen. Sie vernahm irgendwo Stimmen, doch das war es nicht, es war etwas anderes. Miramis nahm all ihre Kraft zusammen und öffnete die Augen. Um sie herum standen eine Menge Leute, einige schauten sie seltsam an, andere beachteten sie gar nicht, sie sah sich genauer um und stellte fest, dass sie in einer ganz gewöhnlichen U-Bahn saß.

Damit war ich auch klar, warum ihr alles so bekannt vorkam, schließlich fuhr sie tagtäglich mit einer solchen.

Sie richtete sich etwas auf und bemerkte, dass ein kleiner Junge sie von oben bis unten musterte, sie schaute an sich herab, und

plötzlich fiel ihr alles wieder ein. Sie hatte ja noch den alten Kittel an. Hatte sie nicht gerade noch in einer Grabkammer gesessen?! Sie konnte sich noch ganz genau erinnern an das Gefühl, jenen Raum nie wieder verlassen zu können. Ein kalter Schauer lief ihr allein bei dem Gedanken daran den Rücken herab. Da fiel ihr Blick wieder auf den Jungen, der sie immer noch anstarrte, sie versuchte den Blicken auszuweichen, doch dies gelang ihr nur schwer. Also beschloss sie, schnell auszusteigen.
Auf dem Bahnsteig war ein riesiges Durcheinander, und keiner beachtete sie mehr. Trotzdem fühlte sie sich nicht sonderlich wohl mit dem alten Kittel. Bei der nächsten Gelegenheit musste sie sich etwas anderes besorgen. Wie, wusste sie noch nicht so genau.
Sie überlegte, in welche Richtung sie gehen sollte, wurde dann aber von den Menschenmassen in eine bestimmte Richtung getrieben, so dass ihr diese Entscheidung abgenommen wurde. Langsam verstreuten sich die Menschen und sie ging einfach immer geradeaus weiter. Miramis hatte das Gefühl, dass diese Gänge wohl nie enden würden, aber da sie

ständig von irgendwelchen Leuten, die es sehr eilig zu haben schienen, überholt wurde, hatte sie die Hoffnung, dass der Weg sie irgendwo hinführen müsste. Endlich sah sie Tageslicht, stieg die Treppen hoch und atmete einmal kräftig durch, auch wenn sie kurz darauf schrecklich husten musste, denn sonderlich sauber war die Luft hier nicht.
Sie schaute sich um, hatte aber keine Ahnung, wo sie sich wohl befand. Nichts kam ihr außergewöhnlich vor, obwohl sie mittlerweile mit allem rechnete. Vor ihr lag eine Kreuzung, auf der sich unzählige Autos befanden, die hupten und nicht von der Stelle kamen. In dem Spektakel standen einige Leute mit Fotoapparaten herum, die sehr verdächtig nach Touristen aussahen, andere wiederum schlängelten sich zwischen den Autos hindurch und schienen dies alles als ganz normale Situation zu sehen. Miramis schloss daraus, dass sie sich in einer großen Stadt befand, sie würde sicher noch herausfinden, in welcher.
Aber im Moment war ihr wichtiger, etwas Ordentliches zum Anziehen zu bekommen. In einer Großstadt gab es mit Sicherheit einige

Geschäfte, in denen sie etwas Passendes finden würde.
So groß ihre Freude auch im ersten Moment gewesen war, sie war mindestens genauso schnell wieder versiegt, als sie feststellte, dass sie ja überhaupt kein Geld bei sich hatte. Doch diesen Gedanken verdrängte sie schnell, denn schließlich war ihr bis jetzt immer eine Lösung eingefallen.
Langsam ging sie zwischen den vielen Menschen entlang und schaute sich dabei ihre Umgebung genauer an. Die Häuser waren ziemlich groß und bedrückend, alles wirkte so grau und dunkel, obwohl der Himmel blau strahlte und kaum eine Wolke dieses Bild trübte. Die Menschen um sie herum hatten es alle sehr eilig. Miramis schnappte einige Worte auf, erst hatte sie Probleme, diese zuzuordnen, aber dann fiel ihr auf, dass sie doch verstand, was die Leute sagten. Sie war sich sicher, dass sie alle Englisch sprachen, doch kurz darauf änderte sie ihre Meinung, denn es war wohl doch eher Französisch, es waren anscheinend viele verschiedene Sprachen, und Miramis fand dies etwas ungewöhnlich. Aber andererseits, wenn man im Urlaub ist, spricht

auch jeder seine Muttersprache, und das verwundert auch niemanden, dachte sie sich, außerdem war es immer noch besser und vor allem interessanter, als in einer Grabkammer zu sitzen.

Sie ging weiter ziellos durch die Gegend, ohne sich Gedanken zu machen, wie es weitergehen sollte, denn diese Stadt begeisterte sie, irgendetwas faszinierte Miramis. Hier war es nicht so langweilig wie bei ihr in Berlin, denn obwohl die großen Häuser einem Angst machen konnten, fühlte sie sich geborgen. Trotz der Hektik schienen alle Leute glücklich zu sein, jedenfalls kam es Miramis so vor, und diese Freude am Leben, die alle hier ausstrahlten, gefiel ihr. Sie nahm sich vor, sich davon anstecken zu lassen. Mit einem Lächeln auf den Lippen ging sie weiter, doch plötzlich verschwand das Lächeln und sie drehte sich verwirrt um. Der Mann, der ihr gerade entgegen gekommen war, der kam ihr seltsam bekannt und vertraut vor, doch konnte sie sein Gesicht überhaupt nicht einordnen. Diese auffallenden Augen ...

Miramis war sich sicher, diese Person hatte sie schon einmal gesehen, doch auch nachdem sie sämtliche Freunde, Verwandte, Nachbarn und Bekannte durchgegangen war, wollte ihr nicht einfallen, wer dieser Mann sein konnte. Der Gedanke an dieses Gesicht ging ihr nicht aus dem Kopf, und obwohl sie den Mann nur einige Sekunden gesehen hatte, hatte sie noch jede Einzelheit seines Gesichtes vor Augen. Sie spürte noch immer seinen Blick, der sie durchdrang und ihr Angst einflößte, diesen winzigen Augenblick, den er sie angeblickt hatte, als wisse er alles über sie und das, was ihr passiert war.

Miramis versuchte ihre Gedanken abzulenken und ging weiter, sie konzentrierte sich wieder auf ihre Umgebung, denn es interessierte sie, wo sie sich befand und vielleicht würde dies ihr helfen, diesen Mann zuzuordnen. Kurz darauf blieb sie wieder stehen und sie strahlte übers ganze Gesicht, vor ihr stand ein großes Gebäude und Miramis wusste sofort was es war: Der Tower von London!

Miramis freute sich riesig, denn nach London wollte sie doch schon immer. Sie war glücklich und lief strahlend an der dicken Mauer, die um das Gebäude verlief, entlang zur Tower Bridge. Hier blieb sie erst einmal eine Weile

stehen, schaute auf die Themse und ließ sich den Wind ins Gesicht wehen. Miramis beobachtete die Schiffe und Boote, die auf dem Wasser trieben, und sie ließ ihren Blick über die gewaltigen Gebäude schweifen. Wie fantastisch hier doch alles ist, dachte sich Miramis, und dabei beschloss sie innerlich, auf jeden Fall wieder hierher zu kommen, das hieß, wenn sie überhaupt jemals wieder aus dieser komischen Situation heraus kam ... Aber eigentlich gefiel es ihr im Moment ganz gut, und hier würde sie es auch noch etwas länger aushalten!
Miramis' Blick war weiterhin auf das Wasser gerichtet – und dann ... !
Miramis wollte es nicht glauben. – Auf einem der Boote sah sie wieder diesen Mann, dem sie vor einiger Zeit begegnet war, sie hatte ihn ja fast schon wieder vergessen! Sie fragte sich, warum sie sich so sicher war, dass diese Person, die eigentlich nur als ein Punkt zu erkennen war, gerade der Mann war, der ihr so bekannt vor kam, aber Miramis fühlte, dass es ein und die selbe Person war. Sie versuchte ihren Blick vom Wasser zu lösen, doch irgendeine Kraft hielt sie davon ab. Als das

Boot unter der Brücke verschwand, wollte Miramis die Straße auf der Brücke überqueren, sie suchte sich einen Weg durch die vielen Autos, doch auf der andern Seite der Brücke angekommen, traute sie ihren Augen nicht ...

In einiger Entfernung ragte die Freiheitsstatue aus dem Wasser heraus! Miramis schloss die Augen, in der Hoffnung, dass sie sich getäuscht hatte, und dass dort in Wirklichkeit gar nichts war. Doch als Miramis ihre Augen öffnete, hatte sich nichts geändert, die Statue war immer noch klar und deutlich zu erkennen, nur eins war weg, das Boot mit dem seltsamen Mann, Miramis konnte es unter all den anderen Booten nicht wieder finden, aber egal, dachte sie sich, denn wenn sie ehrlich war, machten ihr diese Begegnungen Angst, und - dachte sich Miramis - wenn sie den Mann nicht sah, brauchte sie auch keine Angst vor ihm zu haben.

Sie lehnte sich gegen das Brückengeländer, und fragte sich, warum sich in dieser einen Stadt alle bekannten Bauwerke vereinigten. Ob ich in einem dämlichen Freizeitpark gelandet bin, ging es Miramis durch den Kopf,

aber dafür war hier alles zu real und zu groß! Doch was sollte sie machen, sie war hier und wusste nicht, wie sie es hätte ändern können. Und außerdem würde sie auch nichts darüber erfahren, wenn sie hier weiter stehen blieb. Bei diesem Gedanken fiel ihr auf, dass ihr kalt war, und Miramis beschloss, sich weiter in der Stadt umzusehen, – und vielleicht noch auf andere Bauwerke zu treffen, fügte sie, in Gedanken grinsend, hinzu.
Miramis schlenderte durch unzählige kleine Straßen und Gassen, schaute sich Schaufenster an und ging in Läden hinein. Einige Zeit später, Miramis hatte ihr Zeitgefühl verloren und wusste nicht, ob nun erst wenige Minuten oder doch schon Stunden vergangen waren, sah sie am Ende einer Straße den Eiffelturm! Miramis konnte es immer noch nicht glauben, die Stadt verwirrte sie total, diese Mischung so vieler verschiedener Städte und dann dieser Mann ...
Miramis hatte diesen Gedanken noch nicht zu Ende gedacht, da sah sie ihn auch schon wieder! Sie wollte jetzt wissen, wer er war, und rannte direkt auf ihn zu. Miramis rechnete eigentlich damit, dass er wieder verschwinden

würde, doch als sie nach Luft schnappend an der Stelle ankam, wo er gestanden hatte, war er noch da und seine Augen waren auf Miramis gerichtet.
„Wer bist du ?“ fragte Miramis, doch der Mann antwortete nicht. Miramis hatte das Gefühl, dass er sie mit seinem Blick durchleuchte, und plötzlich ... ja ... sie wusste, wer er war! Wenn sie nicht alles täuschte, war sie ihm in einer ihrer Welten, die sie in letzter Zeit besuchen musste, begegnet.
„Du hast mir geholfen, nicht wahr?“ fragte Miramis. „Du hast mir den Weg aus der dunklen Hölle gezeigt, oder?“
Der Mann lächelte sie an, er nahm ihre Hand, und Miramis war froh, endlich zu wissen mit wem sie es die ganze Zeit zu tun hatte. Doch während sie sich noch darüber freute, beschlich sie ein unheimliches Gefühl. „Was ist, wenn er mich mit in seine Welt zurück nimmt?“ schoss es ihr durch den Kopf. Panik machte sich in ihr breit. Sie glaubte, dass er ihr Handgelenk immer fester hielt, sie begann zu schreien, Leute drehten sich um und auch der Mann war so überrascht, dass er Miramis' Hand losließ. Diese Gelegenheit nahm Miramis

wahr, sie nahm all ihre Kraft zusammen und suchte sich ihren Weg zwischen den Menschen hindurch. Während Miramis rannte, so schnell sie konnte, hatte sich der Mann von der Überraschung erholt und versuchte Miramis zu folgen. Miramis geriet immer mehr in Panik, als sie den Mann hinter sich sah, sie schaute sich immer wieder um, um zu sehen ob er ihr noch folgte. Dann fiel ihr Blick auf einen Bus, der gerade an einer Haltestelle hielt, und sie steuerte direkt auf ihn zu. Im letzten Moment stieg sie ein, und hinter ihr schlossen sich die Türen. Glücklich ließ sie sich auf einen freien Platz neben einer alten Frau fallen und schaute vergnügt auf den Mann, der verärgert am Straßenrand stand. Nachdem sie wieder zu Atem gekommen war, betrachtete sie die alte Frau neben sich und begann eine harmlose Unterhaltung.
„Wohin fährt dieser Bus denn?"
„Linie 28;" sagte die Frau kurz, und ohne damit etwas anfangen zu können, schaute Miramis aus dem Fenster. Sie hatte das Gefühl, dass der Bus immer schneller wurde, die Bilder verschwammen und Miramis fühlte sich schlapp.

Alles um sie herum rauschte in buntem Licht an ihr vorbei.

Mit dem ersten Lichtschein des neuen Tages begann für Miramis das nächste Abenteuer. Die hell schimmernden Sonnenstrahlen des Morgens bedeckten die Stadt mit einem sanften Hauch von Wärme. Der Wind wehte leicht aus südöstlicher Richtung, als Miramis durch die Reflexion der Sonne aus dem Schlaf gerissen wurde. Sie befand sich am Rande eines Parks, umgeben von kleinen Gänseblümchen.
Beglückt von dem friedvollen Moment schaute Miramis sich erst einmal um. Diesmal schien sie nicht in einer dieser verrückten Fantasy-Welten gelandet zu sein, denn dazu kam ihr diese Umgebung zu vertraut vor. *Wie* vertraut allerdings, konnte sie in diesem Augenblick noch nicht sagen, dazu hatte sie bisher einfach zu wenig gesehen. Also beschloss sie, die Umgebung erst einmal ausführlich zu erkunden. Sie trat aus dem Park hinaus und lief langsam mit Scheu befangen auf eine Straße zu. Ihr Herz pochte förmlich vor Anspannung.

Die Angst vor dem Unbekannten schien ihr ins Gesicht geschrieben.
Doch – auf einmal blieb sie stehen. Sie drehte sich um ihre eigene Achse und fing laut an zu schreien. Aber wieso um alles in der Welt tat sie das?
Sie war nicht *irgendwo* gelandet. Dies hier ... Dies war ihre Heimat. Die Häuser, die Straßen, die Menschen ... die kannte sie doch!
Irgendwann, vor langer Zeit (vor sehr, sehr langer Zeit, wie es ihr mittlerweile vorkam) wohnte sie genau hier. Auf einmal wurde ihr ganz war ums Herz. Sie war zurück ... endlich wieder zurück! Wie lange hatte sie sich nach diesem Moment gesehnt! Endlich wieder das schon fast vergessene Gefühl der Geborgenheit.
Und doch ... ja, irgendwie war das jetzt etwas anders. Alles schien so unreell, so künstlich. War das hier wirklich dasselbe Berlin wie das, was sie verlassen hatte?
Der Gedanke alleine löste ein starkes Unbehagen in ihr aus. Ein noch nie zuvor erlebter Schmerz fraß sich von den Zehen aus regelrecht bis in ihr Gehirn vor. Alles spielte verrückt, ihre Gedanken, ihre Sinneswahrneh-

mungen , wirklich alles. Eine merkwürdige Sache war jedoch, dass sie eine sonderbar unnatürliche Schärfe ihrer Sinne besaß.
Hunderte von winzigen, zum Teil noch nie gehörten Lauten stürzten aus allen Richtungen auf sie ein. Vom hektischen Ticken der Kirchenuhr bis hin zum geheimnisvollen Wispern der Bäume.
Es war eine Sturmflut, ein kreischendes Szenario, das in seiner Gesamtheit jeden Laut einfach erstickte. Sie konnte nicht sagen, welcher Laut woher kam, welche Bedeutung oder welchen Wert er hatte.
Dann aber ertönte inmitten des Chaos ein spitzer, abgehackter Schrei. Noch im gleichen Sekundenbruchteil durchzuckten Miramis schauerliche Schmerzen. Erst am Kopf, dann am Genick bis hin zum Rücken. Es waren dieselben Schmerzen wie die von vorhin. Was hatte das alles nur zu bedeuten? Was ist bloß mit ihr geschehen . Sie kam sich vor, als sei sie von einem Schwertransporter überfahren worden. Doch die Antwort auf diese Frage war : „Nichts!" Es war rein gar nichts mit ihr geschehen. Sie stand immer noch so da wie vor ein paar Minuten.

„Wenn das jetzt nur eine verrückte Vorstellung meiner sowieso schon kranken Visionsebene war, dann ist es jetzt höchste Zeit wieder in die Realität zurück zu kehren," dachte Miramis.
Und genau das tat sie dann auch, ganz egal , ob das eben Erlebte Realität oder Phantasie war. Sie wollte nur noch eins: zurück ins normale Leben. Nach Hause gehen, mit ihrem Kater spielen, und alles, was in den letzten paar Stunden, Tagen oder seit wann auch immer gewesen sei, zu vergessen.
Wieder einigermaßen motiviert machte sie sich auf den Weg, um die wenigen Schritte, die sie jetzt noch von Zuhause trennten, zu vollbringen. Ihre Route führte sie an der Polizeistation entlang, neben Tante Gertruds Blumenladen und dem gut bekannten Jugendhotel (von dem es sich übrigens aus eigener Erfahrung hervorragend herunter spucken lässt) vorbei bis hin zur Kreuzung. Dort musste sie dann nur noch links abbiegen und schon war sie zu Hause.
Doch dann hielt sie einen kurzen Augenblick inne. Sie konnte doch nicht einfach so nach Hause stolzieren und so tun, als wenn nichts

passiert wäre. Sie musste zumindest in Erfahrung bringen, an welchem Tag, oder besser in welchem Jahr sie sich überhaupt befand. „Man kann ja nie wissen ..." dachte sie sich.
Also stürzte sie sich gleich auf einen vorbei laufenden Mann, um die besagten Daten abzufragen. Doch dieser schien sie irgendwie überhaupt nicht bemerkt zu haben. „Naja, egal," sagte sie sich und lief gleich zum nächsten Passanten weiter. Doch auch der schien sie zu ignorieren.
„Ja gut, das hier ist Berlin," überlegte sie, doch das war selbst für Berliner Umstände eine Spur zu übertrieben! Hier lag doch irgendetwas in der Luft, das spürte sie doch. Nur - *was*?
Um sich zu beruhigen, redete Miramis sich ein, dass es doch auch eine Nachwirkung ihrer Erlebnisse sein konnte, wie beispielsweise die Nebenwirkung einer schlecht gewordenen Medizin. Allerdings wusste sie im tiefsten Inneren zugleich, dass es nur eine billige Ausrede war. Was vor allen Dingen sollten denn pflichtbewusste Berliner Bürger mit ihren „Nachwirkungen" zu tun haben?? Es war zum Verzweifeln!

Als Miramis noch so am Grübeln war, wurde sie plötzlich von einem schrillen Knall und einem anschließenden Schrei wachgerissen. Dass es sich dabei um keine ihrer Einbildungen handelte, sondern der tatsächlichen Realität entsprach, wurde ihr klar, als sich kurze Zeit später ein Tumult bildete. Miramis überlegte: Sollte sie hinrennen, oder besser ruhig bleiben und die Stelle umgehen? Ihr Instinkt aber befahl: „Du musst dahin!"

Sie konnte schon aus der Ferne erkennen, dass es sich hier um ein Unfall handelte, wer oder was dabei zu Schaden gekommen war, konnte sie dahingegen nicht sehen.

„Hoffentlich ist keiner schwer verletzt," dachte sie, doch wieder machte sich eine böse Vorahnung in ihr breit.

Als sie ankam, sah sie, dass ein Arzt bereits zur Stelle war. Sie ließ ihren Blick weiter nach links schweifen auf einen Lastwagenfahrer, der noch total unter Schock stand. Sein Antlitz drückte ein intensives Gefühl von Mitleid aus. Mit Tränen in den Augen wiederholte er immerfort einen Satz : „Was hab' ich bloß getan? Was ... ?"

Obwohl der Lastwagenfahrer in diesem Falle wahrscheinlich der Schuldige war, tat er Miramis fast richtig Leid. Doch wer war eigentlich das Opfer? Sie ging ein paar Schritte nach rechts, um das bisher perfekt vom Arzt verdeckte Gesicht erkennen zu können. Sie hörte, wie ihr Herz bei dieser Anspannung pochte. Jeder einzelne Schritt wurde zur Qual. Denn was sie hier erlebte, das ließ sich nicht einmal in ihren kühnsten Träumen erwarten.

Denn es war keine geringere Person, die fast verblutet auf dem Boden lag, als – Miramis selbst!

Aber das konnte doch nicht sein! Sie stand doch direkt daneben! Was zum Teufel ist hier geschehen? Und wer war das Mädchen, das da auf dem Boden lag?

Plötzlich wurde ihr alles klar. Was sie vorhin gesehen hatte, das war genau diese Szene! Sie hatte das alles in ihrer Vision vorhergesehen!

Wieso hatte sie das nicht schon früher verstanden? Dann wäre das Mädchen, sie – vielleicht noch am Leben!

Der Vorfall eben, das war ihr eigener Tod! Sie hatte ihren eigenen Tod miterlebt!
In ihrer Verzweiflung fing sie an zu schreien. Sie wollte einfach nur schreien, raus mit den Ängsten, raus mit allem, was sie hier erlebt hatte ... einfach nur raus!
Plötzlich drängelte sich eine junge Frau durch die Menge. Sie wurde totenbleich, als sie das Opfer erkannte, und fing hysterisch an zu kreischen: „Oh mein Gott, oh mein Gott! Mira! Neeiin!!! Das ist doch nicht wahr!"
Sie kniete sich vor Miramis hin und nahm sie in den Arm. „Miramis, du darfst jetzt nicht sterben, bitte ... Du musst kämpfen. Ich weiß, dass du es schaffst! Du darfst mich jetzt nicht verlassen ... Ich hab' doch nur noch dich!!"
Die letzten Worte nuschelte sie nur noch so vor sich hin. Sie zitterte am ganzen Leib. Die Frau war ganz eindeutig – ihre Mutter .
Das war zu viel. Das war ganz einfach zu viel. Das alles machte keinen Sinn.
Miramis lief langsam auf ihre Mutter zu und sprach: „Aber Mutter ich bin doch hier! Ich bin nicht tot!!" Doch die Frau schien sie nicht einmal zu registrieren. Aber es war nicht nur

die Mutter, es schien sie niemand hier zu bemerken.
Was war bloß mit ihr geschehen? Wer oder was war sie überhaupt? Fragen, nur Fragen ...
Das Schreckliche war nur, eines wusste sie ganz genau: Ein Mensch, oder das, was sie bisher für einen Menschen hielt, war sie bestimmt nicht mehr! Sie war ein Wesen, das unabhängig von Raum und Zeit existierte und dort als Einzige vegetierte.
Plötzlich fühlte sie sich ganz und gar verlassen und sank vom „Leben" enttäuscht resignierend auf den Boden. Eine immer während e Stille trat ein, und alles um sie herum wurde schwarz.

Es war eine sternklare Nacht. Leise und beständig hörte man das Wispern des Flusses. Immer und immer wieder glitten die Wellen an das feste Ufer und streichelten es behutsam. Hoch über dem Horizont warf der silbern schimmernde Mond seine glänzenden Strahlen auf das Wasser und bildete einen Weg, der direkt in den Himmel zu führen schien.

Die Luft roch nach Nebel und Tau, obwohl weder das eine noch das andere zu sehen war. Weit im Norden türmten sich bereits neue, schwarze Wolkentürme, die den Eindruck einer Schlacht gegen das Licht erweckten.

Wenige Minuten später kam ein starker Wind auf, der den Vormarsch der Wolken zu unterstützen suchte. Die Blätter wichen von den Bäumen und jegliche Art von Lebewesen suchte Schutz vor dem Aufeinandertreffen der Naturgewalten.

Ein feiner grauer Dunst hing über dem Hof der toten Seelen und ließ die Grabsteine nur

wie durch einen zerrissenen Schleier sichtbar werden.
Kraftspendender Regen setzte ein.
Bei genauerem Betrachten konnte man die Umrisse einer jungen Frau, die sich anscheinend von dem Unwetter nicht vertreiben ließ, erkennen. Sie kniete mit zusammengefalteten Händen gebeugt über einem Grab. Der Wind wehte durch ihre langen schwarzen Haare. Ihr Gesicht schimmerte leicht von dem Licht des reflektierten Mondes. Eine Träne in ihren dunkelbraunen, einstmals so wundervollen, mit Lebensenergie geladenen Augen drückte eine starke innere Trauer aus. Sie sprach leise mit zärtlicher Stimme ein Gebet :

„Mein Gott, du hast mir versprochen:
Auf alles Leid folgt ein Licht.
Ich warte schon so lange,
doch es erreicht mich nicht!
Die Nacht nimmt kein Ende.
Die Trauer bleibt.
Die Rosen verwelken.
Nichts hielt für die Zeit.
Das Bild ist geblieben -
vergänglich auf Erden.

Ich muss damit leben
und werd' daran sterben..."

Dann fing sie an zu weinen. Aus ihr sprach die blanke Verzweiflung. Die Verzweiflung, die nur einen Ausweg kennt: Den Tod.
„Bald werde ich wieder bei dir sein. Bei dir und allen anderen. Bei allem ... wofür es sich zu leben gelohnt hat." Sie zückte ein Messer. „Wir werden endlich wieder vereint sein."

Miramis lag mit verschränkten Armen in einem dunklem Raum. Ihre Augen waren geschlossen, und alles schien friedlich und entspannt zu sein. Die zunehmend stickige Luft in dem Raum duftete nach Lavendel.
Es herrschte absolute Ruhe. Die Zeit verging ... und nichts passierte.
Nur Stille ...
Auf einmal ertönte ein Rascheln. Es hatte sich ein winziges Sandkorn von der Decke gelöst und landete direkt auf Miramis' Stirn.
Begleitet von einem riesigen Windstoß öffneten sich ihre Augen. Ihr Herz begann zu pochen. Ein gewaltiger Windzug machte sich auf den Weg in die Lungen und mit Kohlendioxid

angereichert wieder hinaus, - sie atmete. Ihre Augenlider machten schnelle hektische Bewegungen nach rechts und links. Nun tastete sie den Raum ab, um sich eine vage Vorstellung ihres Aufenthaltsortes zu bilden. Ihre nackte Handfläche strich über weiche, satin-ähnliche Stoffpolster. Alles um sie herum deutete auf eine sanfte, unberührte Umgebung hin, die obskurerweise genau ihren Körperkonturen entsprach. Sie versuchte sich zu bewegen und fing an mit Armen und Beinen gleichzeitig zu strampeln. Doch vergeblich, sie kam gerade einmal ein paar Zentimeter weit. „Wo bin ich hier nur gelandet?" fragte sie sich.

Sie spürte förmlich die aufsteigende Klaustrophobie in ihr. Die Angst gegenüber engen Räumen. Wie damals, als sie von ihrem Stiefvater in einen Schrank gesperrt wurde, weil sie nicht aufhören wollte zu weinen. Wie ein Trauma durchzog es ihr ganzes Leben. Diese schrecklichen Bilder, nie wird sie die vergessen. Auch wenn sie es wollte, ... sie konnte es einfach nicht! Und auch in diesem Moment musste sie daran denken. Die Qualen, die

Schmerzen ... Sie fing an zu weinen. Wann hatte das Ganze endlich einmal ein Ende?

„Komm, Mira, das schaffen wir schon, zusammen sind wir stark!"
Das waren die Worte, die ihre Mutter sonst immer zu ihr sagte. Doch wo bist du, Mutter? Jetzt, wo ich dich am meisten brauche. Ich weiß, dass es für jeden Menschen einen Grund gibt, auf dieser Welt zu sein, wie jedoch soll ich meinen finden, ohne deine Hilfe? Du warst das Gerüst, an das ich mich halten konnte ...
Wo bist du nur? Wo?
Der Sturm wurde immer stärker. Alles, was nicht fest verankert war, wurde vom Wind weggerissen. Äste, Sträucher und ganze Bäume wurden von der Kraft des Stärkeren, der Kraft der Naturgewalt, entwurzelt.
Blitze zuckten vom Himmel herab, und dicke Regentropfen prasselten auf die Straßen.
Doch sie stand immer noch da. Das Messer entschlossen mit beiden Händen gepackt, bereit, dem Tode entgegenzustehen.
Die Dunkelheit breitete sich zunehmend in Miramis aus. Sie setzte sich regelrecht in ihr

fest. In ihrer Seele, in ihrem Herzen, in ihrem ganzen Leben.
Es war das Gefühl des Alleinseins, allein zu sein in der Finsternis.

Und ob ich schon wanderte im finst'ren Tal,
fürcht' ich kein Unglück,
dein Stecken und Stab trösten mich:

War das alles nur eine perfekte Lüge? Etwas, was der ganzen Menschheit zum schönen Schein erfunden wurde?
„Wo ist denn jetzt dein Stecken und Stab? Hatte ich nicht immer gebetet, gebetet für Schutz, Treue und Sicherheit? - Oder ist das hier eine deiner Glaubensproben? - Aber was hab' ich dir denn nur getan, dass du mich gerade jetzt auf die Probe stellst?"
Miramis stand am Rande des Wahnsinns. Sie redete immerzu von Gott, ihrer Mutter und anderen Personen, von denen sie sich im Stich gelassen fühlte.
Symptome, die alle auf Verzweiflung deuteten, pure Verzweiflung.
„Ich will hier raus! - Ich will hier gottverdammtnochmal raus! -Irgendwo muss doch ein Licht sein! - Ein winziger Lichtstrahl würde mir doch schon genügen, irgendwas ..."

Sie war machtlos. Machtlos einem Schicksal ausgesetzt, das bisher keiner Menschenseele zugeteilt ward. Sie war lebendig begraben. In einem Grab, das für sie bestimmt war. Genauso wie ihre Zukunft und ihr Tod schon im Voraus bestimmt waren. Die Bestimmung, die sie mit ihren eigenen Augen gesehen hatte.
„*Die Vergänglichkeit der Zeit /*
nichts ist für die Ewigkeit /
und nichts wird wirklich jemals enden. -
Genauso wie mit meinem Leben.
Dies ist nicht das Leben, das ich mir erhoffte. Es ist Zeit, dem Schmerz ein Ende zu setzen! Ich muss raus aus dieser Hölle. Diese schwarzen, leeren Augen, die mich jagen. Hass und Leid sind die Ausgeburt in mir. Ich muss es nehmen, um wieder frei leben zu können. Dies wird mein letztes Kapitel!"
Verzweifelt versuchte Miramis sich mit den eigenen Händen die Luftröhre zuzudrücken, doch vergebens, nicht einmal dazu war sie in der Lage.
Im gleichen Moment, nur sechs Fuß über ihr, erstach sich ihre Mutter mit dem Messer, in der Hoffnung, wieder mit ihrer Tochter zusammenzusein.

Der Sturm war vorüber.

Als Miramis wieder erwachte, erfüllte sie sofort ein tiefes Unbehagen. Sie hatte ihre Augen noch nicht geöffnet, aber ein Gefühl sagte ihr, dass sie dies vielleicht gar nicht tun sollte. Nach kurzem Zögern tat sie es dennoch. Vor ihr stand natürlich kein riesiges Monster , das sie zerfetzen wollte. Genau genommen war da eigentlich gar nichts vor ihr. Miramis' Umgebung schien aus vollkommener Schwärze zu bestehen, aus einer Schwärze, die alles Licht - und damit auch alles Leben - in sich aufzusaugen schien.
Aber da war noch mehr. Miramis konnte zwar nicht einmal die sprichwörtliche Hand vor Augen sehen, und doch, irgendwie konnte sie spüren, dass sie nicht allein war. Mit diesem Gedanken flammte die Angst in ihr auf. Für den Bruchteil einer Sekunde wurde aus dieser Angst eine Vision. Vor ihr erhob sich plötzlich ein Wesen, das aus solch tiefem Schwarz bestand, dass es sich selbst gegen die Dunkelheit der Umgebung noch ein wenig abhob. Mi-

ramis konnte anstatt eines Körpers nur einige Konturen wie aus Schatten erkennen. Das „Ding" hatte im Entferntesten sogar etwas Ähnlichkeit mit einem Menschen. - Mit einem sehr großen Menschen, dessen Gliedmaßen unnatürlich kantig geformt waren, und der an Stelle eines Gesichts nur einen schwarzen Schatten besaß. Auf den Schultern der Kreatur thronten zwei riesige Schwingen, die auseinandergefaltet bestimmt eine Spannweite von fünf Metern aufweisen mochten.

An Stelle von Händen besaß das Wesen unproportional große Klauen mit je drei ellenlangen Spitzen, die gierig in die Luft zu greifen schienen, als könnten sie es kaum erwarten, sich um ihre Kehle zu schließen. Panik erfasste Miramis. Schnell versuchte sie sich aufzurichten, aber ihr rechter Fuß glitt dabei ins Leere. In einer reinen Reflexhandlung versuchte sie den Sturz mit der rechten Hand abzufangen, was ihr wahrscheinlich auch gelungen wäre, hätte diese nicht ebenfalls ins Leere gegriffen. Von dem Ruck ihrer eigenen Bewegung mitgerissen, kippte Miramis über die Kante, an der sie gelegen haben musste, fiel einen Meter in die Tiefe und landete unsanft mit dem Kopf auf dem Boden. Schnell richtete sie sich auf und starrte auf die Stelle, an der sie gerade dieses Grauen erregende Etwas gesehen hatte. Aber da war nichts. Zumindest nichts, was ein Mensch in dieser Finsternis hätte sehen können.

Miramis saß bestimmt eine geschlagene Minute dort und versuchte sich einzureden, dass diese Kreatur nur die Ausgeburt ihrer überreizten Nerven gewesen war, was ihr allerdings nicht sonderlich gut gelang. Nachdem sie die Angst halbwegs niedergekämpft hatte, begann sich in ihrem Kopf wieder der Verstand zu etablieren. Erstaunlich abgeklärt erfasste Miramis die wenigen Details, die ihr ihre Umgebung lieferte. Der Boden schien aus einer Mischung aus Lehm, Sand und Stein zu bestehen und war ungewöhnlich warm. Ansonsten herrschte dort, wo Miramis sich befand, eine Kälte, die ihr sofort in die Knochen zu kriechen begann

Vorsichtig tastete sie die Kante ab, von der sie gefallen war. Diese stellte sich nach längerer Untersuchung als ein Gegenstand heraus, der etwa die Größe und das Format einer umgekippten Telefonzelle besaß, auf der sie

gelegen haben musste.
Wieso um Himmels Willen lag sie in einem stockfinsteren Raum auf einer Art Altar?
Diese Frage weckte sofort wieder ein starkes Unbehagen in Miramis. Das neuerliche Zittern schob sie allerdings auf die niedrigen Temperaturen. Sie fand einfach keine logische Erklärung für das, was sie wahrnahm. Es war alles so real. Wenn sie träumen würde, hätte sie doch bei dem Sturz keine Schmerzen gespürt. Aber das musste einfach alles ein Traum sein. Sie fühlte sich so hilflos und wollte dennoch irgendetwas tun: Sie konnte doch nicht hier bleiben und darauf warten, dass ... ja, auf was eigentlich?
Dass sie wieder einschlief und in ihrem Bett erwachte, oder dass plötzlich eine gute Fee vor ihr stand, um sie mit einem Zauberspruch wieder zurück nach Hause zu schicken, oder ... dass diese ERSCHEINUNG wiederkam! Aber danach war Miramis nun ganz und gar nicht zu Mute.
Plötzlich hatte sie es sehr eilig sich aufzurichten und damit zu beginnen, sich in dieser Dunkelheit auf ein Ziel zuzubewegen, das vielleicht gar nicht existierte. Ganz im Stillen

hatte sie nicht die geringste Vorstellung von dem, was alles noch in dieser Finsternis auf sie warten könnte. Doch darüber wollte sie sich jetzt keine Gedanken machen. Das Geschöpf, das sie vor ein paar Augenblicken glaubte gesehen zu haben, war eine Ausgeburt ihrer Fantasie. Vielleicht war sie einfach noch nicht richtig wach gewesen.

Plötzlich war ihr , als ob sie ein Geräusch vernommen hätte.

Erschrocken blieb Miramis stehen, drehte sich um und lauschte angestrengt in die Dunkelheit. Doch sie konnte nichts hören.

Trotzdem war sie sich ganz sicher , dass da diesmal etwas gewesen war. Für einen kurzen Moment hatte sie hinter sich ein Keuchen oder Stöhnen vernommen.

Nicht, dass ihr das Gefühl, nicht allein zu sein, in irgendeiner Weise angenehm war. Ganz im Gegenteil. Sie hatte Angst. Schreckliche Angst. Das war das schrecklichste Geräusch gewesen, was sie je gehört hatte, und im Moment auch das Schrecklichste, was sie sich vorstellen konnte. Für einen kurzen Moment noch blieb sie wie erstarrt stehen, dann aber drehte sie sich hastig wieder herum und begann weiterzugehen. Aus dem Gehen wurde ein hastiger Schritt, und es dauerte nicht lange, bis Miramis zu laufen begann. Sie versuchte sich zwar einzureden, dass das seltsame Geräusch wieder ein übler Scherz ihrer überreizten Nerven war. Aber sie hatte es so deutlich gehört, dass sie nur noch mehr Angst bekam, je mehr sie darüber nachdachte, was für ein bizarres Wesen ein solches Geräusch verursachen konnte. Sie wollte es gar nicht wissen. In einem Stadium, das an Panik grenzte, hetzte Miramis immer weiter durch die Dunkelheit und prallte schließlich in vollem Lauf gegen ein unsichtbares Hindernis. Hart schlug sie auf den Boden auf. Sofort rappelte sich Miramis hoch, ließ sich aber gleich wieder auf die Knie zurücksinken, da ihr schwindlig wurde. Nachdem sie einen Moment hatte verstreichen lassen, stand sie langsam und vorsichtig wieder auf. A1s sie statt des Schwindelgefühls nur leichte Kopfschmerzen fühlte, begann sie sich an das Hindernis heranzutasten, das sie so unangenehm gebremst hatte.

Es war eine Wand. So wie sie sich anfühlte, war sie aus Stein, fest, glatt, kalt. An sich ja

nichts Überraschendes. Und doch, ... irgendetwas war falsch an dieser Wand. Sie konnte nicht sagen, was, aber es war so deutlich zu spüren, dass es für sie keinen Zweifel gab. Die Erkenntnis traf sie wie ein Blitz: Diese Wand war zu glatt. Es war nicht die Tatsache, dass sie nicht gemauert war und somit keine Fugen besaß, oder dass sie in keinster Weise bewachsen war. - Diese Wand besaß nicht die geringste Unebenheit. Es war, als betastete man eine Plastikwand. Miramis vergewisserte sich noch einmal, indem sie eine größere Fläche der Wand befühlte, aber das Ergebnis war dasselbe.
Das konnte nicht sein. Miramis versuchte sich vorzustellen, was die Wand so geglättet haben könnte, wobei sie sich ziemlich sicher war, dass dies nicht das Werk von Menschen war. Dieser Gedanke erinnerte sie sofort wieder an das Geräusch, das vor nicht all zu langer Zeit die Angst in ihr geweckt hatte.
Hastig drehte sie sich um, konnte aber selbstverständlich nichts sehen.
Trotzdem starrte sie einige Augenblicke in die Dunkelheit, die sie nach wie vor umgab. Als sie sich erneut umdrehte, hörte sie es

wieder. Ein Seufzen wie aus einer anderen Welt, das allerdings deutlich näher klang als beim ersten Mal. Und diesmal hörte es nicht auf. So sehr Miramis es auch hoffte, das Geräusch verstummte nicht. Ganz im Gegenteil, jetzt, wo sie es länger hörte, nahm es immer deutlichere Formen an. Es erinnerte sie zunehmend an das Hecheln eines Hundes, der die Fährte seines Opfers aufgenommen hat und diesem nun gnadenlos überallhin folgen würde. Miramis stand einfach nur da.

Es war ihr unmöglich sich zu bewegen. Dafür aber rasten ihre Gedanken mit doppelter Geschwindigkeit durch ihre grauen Zellen. A1s sie sich abermals umdrehte , um in die Richtung zu blicken, aus der diese furchtbaren Laute kamen, mischte sich zu dem schon an sich fast unerträglichen Geräusch ein Schleifen und Schaben, das Miramis zu nichts zuordnen konnte, was sie je gehört hatte.

Aber das musste sie auch nicht. Denn genau in diesem Moment erschien vor ihr wie aus dem Nichts eine Art Projektion. Ein Lichtfenster, das deutlich über dem Boden schwebte. Es zeigte den Altar, auf dem sie gelegen hatte. Es war nicht nötig, in irgendeiner Weise zu zeigen, dass es genau der Altar war, auf dem Miramis gelegen hatte, sie <u>wusste</u> es einfach. Da Miramis lange (oder eher kurz?) durch die Dunkelheit gelaufen war, konnte sie zuerst nur sehr wenig sehen. Denn ihre Augen schlossen sich immer wieder von selbst. Wahrscheinlich waren sie geblendet vom plötzlichen Licht, vielleicht wollten sie Miramis auch nur den Anblick ersparen, der sich ihr zu bieten drohte. Aber Miramis wollte nicht wegsehen.

Es bereitete ihr körperliche Schmerzen, die Augen offen zu halten, doch als sich das Wesen, das die unheimlichen Geräusche ausgestoßen hatte, ins Bild schob, waren ihre Schmerzen sofort vergessen. Sie war wie gelähmt. Ihre Gedanken arbeiteten nun nicht mehr auf Hochtouren, sie arbeiteten überhaupt nicht mehr. Sie stand nur so da und hätte sich wahrscheinlich noch nicht einmal bewegt, wäre der Racheengel persönlich zu ihr herabgekommen.

Das Wesen sah schlimmer aus als alles, was die Fantasie eines Menschen in einem jahrelangen Alptraum hätte produzieren können. Keine menschliche Sprache wäre im Stande gewesen, ein Wesen wie dieses nur annähernd zu schildern. Es war groß, unglaublich groß, mit einem massigen Körper, der im Entferntesten an eine Mischung aus Kakerlake und Echse erinnerte. Nur hatte Miramis noch nie eine Kakerlake mit derart großen und zahlreichen Reißwerkzeugen und Krallen gesehen. Die vielen Beine schillerten in düsterem Rot , wohingegen der Rest des Körpers in schmutziges Weiß gehüllt war. Das Markanteste an der Erscheinung aber waren die Augen. Sie waren feuerrot und kaum größer als die eines Menschen, doch brannte in ihnen ein Hass, der nicht zu bändigen war und der allem galt, was lebte.

Das Wesen hatte begonnen, seine Umgebung wie ein Hund zu beschnüffeln. Ganz beiläufig und wahrscheinlich noch nicht einmal absichtlich hatte es den mächtigen steinernen Altar mit einer einzigen Bewegung zerschmettert und in Staub verwandelt. Doch nun schien das Wesen eine Fährte gewittert zu haben. Es war für Miramis natürlich nicht schwer zu erraten, wessen Fährte das sein könnte, denn das Wesen blickte genau in Miramis' Richtung. Der Hass in den Augen des Ungeheuers

schien sich noch ein bisschen zu steigern, als Miramis so etwas wie Erkennen darin erblickte. Dann setzte es sich in Bewegung. Wieder entstand dieses Schlurfen, das Miramis vor Angst fast den Verstand raubte.
Damit war der Bann gebrochen. Nach einem Fluchtweg suchend drehte sich Miramis noch einmal um und - traute ihren Augen nicht! Direkt vor ihr in der Wand befand sich jetzt eine Öffnung so groß wie die Rückseite eines Busses. Miramis überlegte nicht lange, wie sie so etwas hatte übersehen können, sondern stürzte in den Gang, der hinter der Öffnung lag. Mit zunehmender Überraschung stellte sie fest, dass der Gang erleuchtet war. Sie konnte zwar nirgends Fackeln oder andere Lichtquellen entdecken, dennoch war der ganze Gang in warmes Licht getaucht. Es war aber auch hier kalt und der Boden mit Felsbrocken übersät. Doch das alles nahm Miramis nur am Rande wahr. Sie war voll und ganz damit beschäftigt, so schnell zu laufen wie noch nie zuvor in ihrem Leben. Aber sie wusste auch, dass sie es nicht schaffen konnte. Immer wenn sie noch ein bisschen schneller lief, wurden die schlurfenden Laute

hinter ihr ein wenig lauter. Das einzige, was Miramis wohl im Moment noch das Leben verlängerte, waren die Felsbrocken, denen sie andauernd ausweichen musste. Ihr Verfolger jedenfalls tat dies nicht. Entweder er wollte es nicht, er konnte es nicht, oder er kannte so etwas wie Ausweichen gar nicht. Jedenfalls bewies das Geräusch von berstendem Gestein und wütendem Gebrüll hinter ihr ganz eindeutig, dass ihr Verfolger die Felsen zu spüren bekam und dadurch vielleicht sogar etwas aufgehalten wurde.

Trotzdem hatte sie keine Chance. Sie fühlte, wie ihre Kräfte nachließen, und stellte sich bereits vor, was passieren würde, wenn sie nicht mehr weiter laufen konnte. Dieser Gedanke ließ sie noch einmal ihre Schwäche vergessen und setzte die wahrscheinlich letzten Kraftreserven ihres Körpers frei.

Dann erblickte sie das Ende des Ganges. Es war nicht das berühmte Licht am Ende des Tunnels, sondern ein grüner Himmel, der Miramis wieder Hoffnung gab. Zum ersten Mal seit sie den Tunnel betreten hatte, warf sie einen Blick über die Schulter nach hinten. Sofort wünschte sie sich, es nicht getan zu haben. Ihr Vorsprung zu dem Ungeheuer war beträchtlich geschrumpft, und so schnell sie dem Ausgang auch näher kam, um so deutlicher wusste sie, dass sie es nicht schaffen würde.

Sie würde die Öffnung nicht vor ihrem Verfolger erreichen. Sie war selbst erstaunt darüber, mit welcher Gelassenheit sie das dachte, denn eigentlich müsste sie vor Angst erstarren bei dem Anblick, der sich ihr geboten hatte. Sie hätte nie für möglich gehalten, mit wie vielen Mordwaffen die Natur ein einziges Wesen ausstatten konnte. Dennoch kam sie dem vermeintlich rettenden Ausgang immer näher.

Draußen erblickte sie eine grasbedeckte Ebene, die sich unter einem düsteren, gewittrigen Himmel ausstreckte, aus dem in kurzen Abständen Blitze zur Erde schossen. Schließlich erreichte sie wider Erwarten doch noch das Freie. Und das kein bisschen zu früh. Sekundenbruchteile nachdem sie vor Erschöpfung auf den mit Gras bewachsenen Boden gefallen war, fegte der massige Körper ihres Verfolgers über sie hinweg. Sie wurde regelrecht in die Höhe gerissen, als dieser mit sei-

nem vollen Gewicht einige Meter vor ihr auf den Boden aufschlug. Sofort richtete sich das Wesen auf, zweifellos um ihr nun endlich den Garaus zu machen. Doch aus irgendeinem Grund verharrte die Kreatur plötzlich und machte keine Anstalten mehr sie anzugreifen. Der Dämon blickte Miramis weiterhin direkt an, und doch schien es, als wäre er gehemmt, ja beinahe ängstlich. Schon fast ehrfurchtsvoll kroch Miramis auf allen Vieren zur Seite. Sie bemerkte nicht, dass der Blick des Dämons ihr nicht folgte, sondern starr auf den Tunnelausgang gerichtet war. Erst als sie einige Meter von der Öffnung entfernt war, registrierte sie, dass jegliche Aufmerksamkeit von ihr abgelenkt war.
Langsam drehte sie ihren Kopf in Richtung des Tunnelausgangs. Aber da war kein Berg mehr oder sonst etwas, das den Ausgang und den Gang, durch den Miramis entkommen war, hätte verbergen können. Stattdessen stand dort, wo der Blick des Ungeheuers endete, nur ein großes steinernes Tor. Vor dem Tor befand sich die Erscheinung, die Miramis als erstes in dieser Welt erblickt hatte und von der sie geglaubt hatte, es sei eine Vision. Nun

erkannte sie eine Mischung aus Mensch und Vogel, bestehend aus vollkommener Dunkelheit. Doch jetzt waren die Schwingen ausgebreitet und die Arme halb erhoben, als wolle sie ihrem Gegenüber Angst einjagen. Einer Kreatur Angst machen, die sich von Angst ernährte – lächerlich.

Aber Miramis war so fasziniert von dem Anblick, dass sie das alles gar nicht mehr bewusst wahrnehmen konnte. Als wäre sie über das alles erhaben, beobachtete sie, wie die schwarze Gestalt in einer plötzlichen Bewegung die Arme empor riss und in einer schnellen Reihenfolge zehn, elf grelle Blitze in sich einschlagen ließ. Vor ihren Augen begann sich das ganze Szenario zu drehen und als die schwarze Erscheinung die weiße Kreatur mit einem Strahl aus Licht und tödlicher Energie zerstörte, war Miramis schon nicht mehr bei Bewusstsein.

Miramis verspürte eine Art Übelkeit, und es war ihr kaum möglich, auch nur irgendeinen halbwegs klaren Gedanken zu fassen. So ziemlich alles an ihrem Körper schmerzte, und das monotone Hämmern in ihrem Kopf war ein zusätzliches Indiz dafür, dass sie in einer grauenhaften Verfassung war. Dieses war aber auch kein allzu großes Wunder, dachte sie nun mit einer Art Selbstironie, und ließ Teile der vergangenen Abenteuer Revue passieren.

Doch da fiel ihr plötzlich auf, dass sie noch nicht einmal in Erfahrung gebracht hatte, wohin das Schicksal sie diesmal verschlagen hatte. Ihr war viel zu übel gewesen, um sich aufzuraffen, geschweige denn ein Auge aufzutun. Die Stille um sie herum war für sie beängstigend. Früher hatte Miramis die Stille nie gestört, nein sie war meist sogar froh darüber, wenn sie zu Hause keinen Lärm von irgendwelchen Kränen und Abrissbirnen ertragen musste. Aber nach all diesen Abenteuern, die jede Vorstellungskraft überstiegen, zeigten sich manchmal doch leichte Anfälle von Angst. Sie tastete langsam den weichen Gegenstand ab, auf dem sie offensichtlich lag. Jetzt sah sie lauter Karos und Kreise, doch das spielte sich nicht nur in ihrem Kopf ab, nein, als sie sich ein bisschen weiter zurückneigte, stellte sie mit Erleichterung fest, dass sie sich auf einem Sofa befand.

Sehr viel besser ging es ihr aber dennoch nicht, sie konnte kaum atmen, da war dieser seltsame Geruch, der ihr andauernd in die Nase stach und ihre Augen reizte. Schließlich versuchte sie sich umzudrehen. Ihre Augen weiteten sich etwas und bekamen eine große Nebelwand zu sehen. Jetzt war ihr einiges klar geworden. Ihr war schlecht gewesen, weil sie in einem total verqualmten Raum lag. „Bah!" dachte Miramis, die Zigarettenrauch von zu Hause nicht gewohnt war, und der Zigaretten von Natur aus zuwider waren.

Mit der Hoffnung, nicht bei Barbaren oder wilden Tieren gelandet zu sein, und mit dem Gedanken an frische Luft, stand sie langsam auf. Sie taumelte ein wenig, konnte nun immerhin stehen.

Dann versuchte sie sich zu orientieren und stellte fest, dass sie sich in einem länglichen Raum befand. Miramis suchte mit ihren momentan leicht vernebelten Gedanken nach einer Tür und durchsuchte nun langsam, die Wände dabei sanft abtastend, den Raum nach einer solchen. Ihre rechte Hand war zunächst wenig erfolgreich. Sie berührte etwas knirschendes Metallisches, was zur Folge hatte, dass sie sich eine Risswunde hinzuzog und daraufhin noch vor lauter Schreck zur Seite sprang und sich gehörig das Knie prellte.
Ein kurzer Aufschrei, dann fand sie sich auf dem Boden wieder, was sogar recht gut war, wie sie jetzt feststellte, weil sie hier viel besser sehen konnte. Sie kroch jetzt also auf dem harten Boden in Richtung der vermeintlichen Tür.
Volltreffer! Sie streckte ihren linken Arm in Richtung Türklinke und versuchte, diese hinunterzudrücken. Doch ihr linker Arm war zu schwach und ihre rechte Hand tat noch immer weh, und so stemmte sie sich mit ihrem ganzen Körper gegen die Tür. Sie war erfolgreich, und durch ein dumpfes Klicken öffnete sich die Tür, was sie für einen Moment freu-

te. Doch zwei Stufen und der Schotter, in dem sie landete, nahmen ihr einiges vom freudigen Gefühl, dem verqualmten Raum entkommen zu sein, und schenkten ihr Schmerzen in Beinen und Rücken.

Sie wagte einen kleinen Rundblick und stellte fest, dass sie aus einem Wohnwagen gefallen war, der inmitten vieler Wohnwagen stand. „Naja, mal was anderes!" dachte Miramis ironisch. Sie wusste immer noch nicht, wo sie gelandet war.

Um dieses so schnell wie möglich in Erfahrung zu bringen, schlich sie um den Wohnwagen herum. Plötzlich hörte sie eine dunkle, aber zugleich angenehme Stimme hinter sich: „Claudia, da bist du ja endlich, wir haben dich schon vermisst!"

„Hallo!" stotterte Miramis.

„Aber was ist denn mit dir passiert?" setzte der junge Mann hinzu, der jetzt direkt vor ihr stand. Sie betrachtete ihn erst einmal und ließ ihre Blicke von seinen Sandalen über seine Shorts in sein leicht gebräuntes Gesicht, das sich hinter einem Dreitagebart und unter einer Schirmmütze etwas versteckte, wandern. Der Mann lächelte sie vertrauenswürdig an.

„Hallo!" sagte er, „Ist jemand zu Hause? Erde an Raumschiff!"
Miramis stand ihm nur ratlos und verdutzt gegenüber. Sie hatte gar nicht richtig erfasst, was der Mann sagte. Dann begleitete er sie mit einem leichten Grinsen und Kopfschütteln zu einem anderen Wohnwagen. „Was hast du bloß dieses Mal angestellt?" fügte er noch hinzu, doch in diesem Augenblick war Miramis schon wieder in Gedanken versunken und dachte darüber nach, wie sie am besten reagieren sollte, sie wusste ja gar nicht wie ihr geschah.
Als der Mann sie ein Stückchen weiter über die Wiese führte, sah sie auf einmal eine ganze Gruppe von Leuten, die teilweise recht hektisch agierten, von einem zum anderen Wohnwagen liefen, oder diskutierten.
Nun führte sie der Mann, ihren Arm mit einer Hand leicht umklammernd, um die Ecke und sie betraten nacheinander die Stufen eines Wohnwagens, der etwas größer war als der, in dem sie aufgewacht war.
„Setz dich doch! Möchtest du vielleicht Kaffee oder Kuchen?" Miramis reagierte ohne es richtig zu bemerken reflexartig mit einem

kurzen Nicken. Kaum hatte der Mann aufgehört etwas zu murmeln, kamen schon die Nächsten, die offensichtlich auch irgendetwas von ihr wollten, auf sie zu.
„So, dann wollen wir mal schauen, wie wir das wieder hinkriegen," sagte eine der zwei Frauen mit einer fast mahnenden Stimme.
„Man kann doch mal stürzen und sich verletzen," dachte Miramis, „ich bin doch kein kleines Kind mehr."
Plötzlich kam der Mann wieder und stellte zu Miramis' Verwunderung ein Stück Kuchen und einen Becher Kaffee vor sie. Mit Bedacht schob sie den Kuchen vorsichtig beiseite und griff nach dem Becher Kaffee. Dann bat eine der Frauen sie, sich ruhig zu verhalten und die Augen zu schließen, was Miramis ein wenig verwunderte, da sie nur ein paar Prellungen am Arm und am Knie hatte. Aber sie verhielt sich still, wie man sie gebeten hatte, sagte zunächst nichts und nickte nur zustimmend. Schließlich wollte man ihr offenbar helfen, und das war ihr in letzter Zeit nicht so häufig passiert.
Nun begannen die Frauen, sich zunächst über ihre Hände herzumachen und dann mit einem

Ding wie wild in ihrem Gesicht herumzuwuseln. Sie wagte, kurzzeitig ein Auge aufzutun, doch bekam sie irgendetwas hinein, was sie anwiderte: „Bah!" rief sie, „Wissen Sie eigentlich, was Sie da tun?"
„Das lass mal unsere Sorge sein!" hallte es barsch von der linken Seite zurück.
Miramis wäre am liebsten aufgestanden und einfach gegangen, oder hätte dieser verwirrten Frau die Meinung gesagt, doch zum Glück überlegte sie vorher noch einmal, und ihr Verstand sagte ihr, wie unklug dies doch wäre. Schließlich hatte niemand sie bedroht oder schlecht behandelt, doch ein komisches Bild hatte sie immer noch von dieser Sippe. Jetzt hörten die Frauen endlich mit ihrer Behandlung auf, und sie hörte, wie der Mann wieder eintrat. Er musste wohl zwischenzeitlich verschwunden sein.
Sie öffnete jetzt langsam ihre Augen, und durch die Wirkung des Kaffees etwas wacher schaute sie sich erst einmal um. Sie sah Spiegel und Lampen, die sie ein wenig an einen Friseursalon erinnerten. Ihre Augen wanderten in den Spiegel und erblickten ein Mädchen, dessen Gesicht voller Sommersprossen war

und die eine rotblonde Perücke auf dem Kopf hatte. Sie traute ihren Augen nicht. Wie hatte sie nur vermuten können, dass man sich um ihre Wunden kümmern wollte. Aber was war hier bloß los?
Miramis konnte sich nur vorstellen, dass sie in einem Dorf gelandet war, wo man vielleicht gerade intensiv Karneval feierte. „Na wenn schon!" dachte sie und betrachtete sich mit einem halben Lächeln abermals im Spiegel. Dann wanderten ihre Augen nach rechts, und dort stand der Mann auf einmal mit einem weißen Kleid vor ihr, welches viele Knöpfe und Schleifen hatte.
„Na also, ein passendes Kostüm!" Der Mann ging auf sie zu und überreichte es ihr. „Jetzt wird es aber Zeit!" sagte der Mann und deutete auf die Uhr. „Die anderen warten schon draußen!"
Miramis' Augen starrten mit Begeisterung auf das tolle Kleid. Ohne einen weiteren Gedanken an diese verrückte und seltsame Situation zu verschwenden, zog sie sich um und ging anschließend mit dem Mann nach draußen. Sie folgte ihm über eine kleine Anhöhe zu einer großen Wiese, die mit einer Mauer von einem

Weg abgetrennt war. Links von ihr stand ein großes Haus mit einer großen Terrasse, und im Moment begaben sie sich auf ein Rondell und zu einer Schaukel. Daneben standen zwei Mädchen, wovon die eine ihr jetzt recht ähnlich sah. Miramis begab sich zu ihnen, begrüßte sie und war erleichtert, dass sie nicht als einzige so sonderbar aussah.
Etwas erschöpft von dem Fußmarsch lehnte sie sich an die Mauer. Aber was war das? Sie fühlte sich so anders als eine Ziegelmauer an, so als wäre sie aus Pappe oder einem ähnlichen Material. War sie doch wieder in einer Zukunft mit irrealen Gegenständen gelandet? Eigentlich unwahrscheinlich bei so vielen Menschen, und laufende Verkehrsschilder hatte sie auch noch keine ausgemacht. „Wie in einem schlechten Film!" dachte Miramis trocken und schob das Gefühl, schon wieder etwas Sonderbares zu erleben, auf ihre Einbildung.
Jetzt kam der Mann wieder auf sie zu. „So, ihr wisst ja, was ihr zu sagen habt, oder?" Er schien den fragenden Blick von Miramis zu bemerken, schickte die beiden anderen zu einer bestimmten Stelle im Vorgarten und sagte ihr, was sie zu tun habe. Es ging alles

furchtbar schnell, und sie überlegte, ob sie wirklich so einfach das machen sollte, was dieser Mann von ihr verlangte. Obendrein hatte sie nur die Hälfte von dem mitbekommen, was er ihr sagte. Schließlich begab sie sich dann doch zu den anderen und wartete darauf, dass ein Mädchen mit einem blauweißen Matrosenanzug aus dem Haus gerannt kam.

Der Mann gab ihr das verabredete Zeichen für ihren Einsatz. Also legte Miramis los: „Nun, Effi, wie ist dir eigentlich?"

Was dann passierte, versetzte ihr einen solchen Schreck, dass sie einen riesigen Satz nach hinten machte, und sich in eine geduckte Haltung begab. Ein enorm lautes „Aus!" schallte von ihrem toten Winkel herüber. Mit erschrockener Miene schaute sie hinüber und sah einen Pulk von Menschen. Einige hielten etwas in der Hand, andere hatten Kameras und der „Aus!"-Ruf kam von einem Mann, der sich auf einer Art Hochsitz befand.

Sie versuchte einen kühlen Kopf zu bewahren. Natürlich war auch ihr jetzt alles klar. Sie stellte sich die Frage, warum sie es nicht früher bemerkt hatte, aber es lief alles so hek-

tisch und chaotisch ab, dass sie, wahrscheinlich auch auf Grund nicht vorhandener Bedrohung, sich keine großen Gedanken machte.
Ihre Knie wurden jetzt ein wenig weich, aber die zwei netten Mädchen wiesen sie auf ihr kleines Missgeschick hin, und so beachtete sie das Genörgel des Regisseurs nicht weiter. Jetzt wurde ihr auch einiges klar, was ihre Rolle betraf. Sie spielte eine der Freundinnen von Effi Briest. Sie hatte immer gedacht, dass ihr der Inhalt des Buches nie, aber auch nie in ihrem Leben in nur annähernder Form begegnen könne. So kann man sich täuschen.
Nun begannen sie von vorn, und komischerweise verlief alles optimal. Miramis bekam ihre Einsätze hin, und ihre Gestik schien auch in Ordnung zu sein. Teilweise musste sie improvisieren, aber sie entpuppte sich als Naturtalent. Einige Szenen wurden mehrmals gedreht, doch es wurde nicht langweilig, und sie hatte viel Spaß mit den anderen Mädchen.
In einer Pause hatte sie ein Gespräch mit dem Mann, der ihr geholfen hatte, und er sprach von einer weiteren Rolle, weil sie so überzeugte. Miramis willigte fast sofort ein, schließ-

lich gefiel es ihr, und so viel Spaß hatte sie lange nicht gehabt.
Der Mann war zufrieden und sprach mit dem Regisseur. Dieser kündigte gleich darauf das Drehen der nächsten Szene an, da man unter Zeitdruck stünde. Alle begaben sich auf ihre Position. Zunächst war nicht alles zufrieden stellend, und die Szene musste ein paar Mal wiederholt werden, doch das tat dem Spaß keinen Abbruch. Dann meldete sich der Regisseur zu Wort. „Beim nächsten Dreh sollte alles klappen!“ rief er den Darstellern zu, „Dieses ist schon Klappe Fünfundzwanzig, und mehr muss es wirklich nicht werden!“
Miramis nickte zustimmend und ging auf die Mädchen zu. Auf einmal überkam sie wieder diese Übelkeit. Es verschwamm alles ganz langsam, und wieder schien sie in einen langen Schlaf zu verfallen.

Als Miramis ihr Bewusstsein wiedererlangt hatte, überkam sie sofort ein Gefühl des Verlassenseins und des Unbehagens. Sie spürte, dass sie an einem Ort war, an dem es nicht so ungezwungen und fröhlich ablaufen würde wie am Filmset. Sie dachte wehmütig an ihr letztes Abenteuer. Zum ersten Mal seit langer Zeit war sie wieder wirklich glücklich gewesen. Sie hätte nichts dagegen gehabt, noch etwas länger dort zu verweilen. Aber wie es nun einmal ihr Schicksal war, wurde sie jedesmal wieder durch einen unerklärlichen Vorgang aus der Geschichte gerissen. Miramis hatte sich bis zu diesem Zeitpunkt noch nie Gedanken darüber gemacht, da sie immer sehr froh war, den jeweiligen Ort zu verlassen. Das Glück war jedesmal auf ihrer Seite gewesen und hatte sie vor einer Menge Unheil bewahrt.

Zum ersten Mal, seitdem sie sich in diesem seltsamen Lauf durch Räume und Zeit befand, stellte sie sich die Frage, durch welches Ereignis sie jedes Mal errettet wurde, oder warum sie ein Geschehen verlassen musste, wenn es am schönsten war. Sie dachte verzweifelt nach, aber auf eine Antwort kam sie nicht. Das lag vielleicht auch daran, dass die Neugierde Oberhand bekam, zu erfahren, wo sie sich denn augenblicklich befand.

Es war sehr still und stickig in diesem Raum, also konnte sie davon ausgehen, dass sie allein war. Aber verlassen tat sie sich nicht auf diese Annahme. Dafür hatte sie in letzter Zeit viel zu viel durchgemacht. Einen Vorteil hatte die ganze Reise. Sie konnte mittlerweile förmlich spüren, wenn Gefahr in der Luft lag. Doch das schien an diesem Ort nicht der Fall zu sein. Sie fühlte sich zwar einsam, aber auch sicher. Also öffnete sie langsam und vorsichtig die Augen.

Sie hatte keine Vorstellung davon, was sie erwarten würde. Das einzige, was sie bisher von ihrem Aufenthaltsort wusste, war, dass es ihr hier Schwierigkeiten bereitete zu atmen. Dieses war nicht verwunderlich auf Grund der abgestandenen und staubigen Luft. Außerdem lag sie auf einem unheimlich unbequemen und harten Untergrund, der sie davon

abhielt sich zu bewegen, damit nicht ihr ganzer Körper schmerzte.
Erst konnte Miramis nur wenig erkennen, weil ihr ein Sonnenstrahl in die Augen stach, der durch ein Fenster eindrang. Sie stand auf und drehte sich langsam um die eigene Achse. Ihr war noch etwas schwindelig im Kopf. Doch mit der Zeit erkannte sie, dass sie sich in einer alten verwahrlosten Holzhütte befand. Allerdings fand sie keine Anzeichen dafür, dass hier irgendjemand noch vor kurzer Zeit gehaust haben mochte. Die Lebensmittel, die auf einem Regal an der einen Seite der Hütte standen, schienen das Haltbarkeitsdatum längst überschritten zu haben, da Miramis einen beißenden Gestank wahrnahm, der sie davon abhielt zu probieren. Das einzige, was noch genießbar zu sein schien, war etwas Tee, der sie auch sofort daran erinnerte, wie durstig sie war. Diesem Zustand verschaffte sie allerdings sehr schnell Abhilfe. Vor der Hütte befand sich ein Brunnen, aus dem sie sich in Windeseile Wasser besorgte. Auch ein Feuer war sehr schnell gemacht: sie rieb einfach mit einem Stein auf einer kleinen Fläche von trockenem Moos. Miramis war regelrecht

stolz auf sich. Sie hatte zum ersten Mal in ihrem Leben bewiesen, dass sie sich nur mit Hilfe ihres Einfallsreichtums selbst versorgen konnte.

Sie begab sich glücklich mit der Tasse Tee in ihren Händen wieder in die Hütte zurück. Ihre Augen untersuchten sofort weiter diesen staubigen Raum. Sie erblickte noch ein Bett, oder vielmehr eine Art Liege. Eigentlich zog dieses Möbelstück nicht weiter ihr Interesse auf sich. Doch als sie es noch einmal näher betrachtete, erblickte Miramis eine dunkelblaue mit schmutzig-gelben Streifen versehene Uniform darauf. Sie konnte sich nicht daran erinnern, jemals im Geschichtsunterricht von Streitmächten gehört zu haben, die solche Uniformen trugen. Doch sie schob diesen Gedanken beiseite, da sie so oder so nur ein geringes Wissen in Sachen Geschichte besaß.

Erst jetzt nahm sie wahr, dass an der Wand über dem Bett Fotografien aufgehängt waren. Sie wirkten schon sehr verblichen, aber Miramis konnte deutlich erkennen, dass es sich bei dem einen Foto um eine Reihe von Soldaten handelte, in eben diesen blauen Uniformen.

Unter dem Foto las sie die Jahreszahl 1876 und die Worte „Little Big Horn!". Wo war sie nur wieder gelandet? Sie begann unruhig zu werden. Könnte es vielleicht sein, falls sie diese Hütte verlassen und die Gegend erkunden würde, dass sie sich inmitten des amerikanischen Bürgerkrieges oder eines Indianerkrieges befand? Sie mochte gar nicht an so etwas denken. Das hatte ihr gerade noch gefehlt.
Eine innere Stimme sagte ihr, sie solle sich beruhigen. Doch sie konnte es einfach nicht. Sie malte sich in ihren Gedanken aus, wie sie tot in einer Blutlache auf einem Schlachtfeld lag, umringt von toten Soldaten.
Doch plötzlich wurde sie aus ihren Gedanken gerissen und horchte auf. Die erdrückende Stille ihrer Umgebung wurde durch lautes Hufgetrampel unterbrochen. Neugierig begab sich Miramis zu einem der Fenster und schaute in die karge leblose Einöde, die sich vor der Hütte auftat. In der Ferne erkannte sie eine Staubwolke, die durch Pferde hochgewirbelt wurde und sich rasend schnell auf sie zu bewegte. Mit der Zeit erkannte sie, was für ein Szenario sich da vor ihr abspielte. Sie

hatte so etwas schon tausendmal in irgendwelchen billigen Fernsehproduktionen gesehen. Sie konnte auf einmal mit unendlicher Gewissheit sagen, dass sie sich irgendwo in der Prärie in Amerika befand.

Mit einem lauten Schlag flog plötzlich die Tür zur Hütte auf und mehrere Männer mit buntem Kopfschmuck und Bemalung im Gesicht stürmten herein. Miramis konnte dem ganzen Geschehen gar nicht richtig folgen. Es ging alles sehr schnell. Sie spürte noch, wie einer dieser Männer seine Hände um ihre Arme schloss und ein anderer ihr in demselben Moment die Augen verband.

Für eine kurze Zeit suchte sie vergeblich nach dem Boden unter ihren Füßen. Ihr Herz schlug immer schneller und sie bekam panische Angst. Aber ehe sie sich versah, befand sie sich schon auf dem Rücken eines der Pferde. Sie konnte deutlich hören, wie die Männer sich in einer ihr unbekannten Sprache unterhielten. Doch es wunderte sie, je länger sie ihnen zuhörte, dass sie die Sprache verstand. Nur leider machte das Ganze für sie keinen Sinn.

Sie hörte nur einzelne Wortfetzen, die sie nicht zuordnen konnte. Sie hätte gerne erfahren, wo sie hingebracht werden würde, doch schon spürte sie, wie sich einer der Männer hinter ihr aufs Pferd schwang und Worte murmelte, so dass das Tier mit einer unheimlichen Geschwindigkeit davon preschte. Während des Ritts verschwand Miramis' Angst. Je länger es dauerte, desto mehr hatte sie das Gefühl, dass ihre Furcht mit dem Wind weggetragen wurde, der ihr um die Ohren wehte. Ihrer Meinung nach waren sie eine Ewigkeit durch die Landschaft geritten, als sich das Tempo der Pferde endlich verlangsamte. In der Ferne konnte sie schwach Stimmen wahrnehmen. Es schien, als würde dort irgendwo ein großes Treiben herrschen.

Plötzlich verstummten die Geräusche. Es breitete sich eine beängstigende Stille um sie herum aus. Sie fühlte sich angestarrt und ausgeliefert. Als man ihr die Augenbinde entfernte, sah sie dann auch den Grund für ihr Unbehagen. Sie war von einer riesigen Horde von Indianern umringt, die sie alle mit offenem Mund anstarrten. Es gab aber auch einige, die auf sie zeigten und lachten. Sie konnte es ihnen allerdings nicht verübeln. Sie gab ja wirklich einen lächerlichen Anblick ab mit der Schminke im Gesicht und dem Kostüm an ihrem Leib. Doch eine der Frauen kam auf sie zu, hob sie vom Pferd und brachte sie zu einem der Zelte.

Die Frau redete langsam und freundlich zu ihr. „Wir werden dir nichts tun. Es ist nur einmal nötig, den Bleichgesichtern zu zeigen, dass wir uns unser Land nicht nehmen lassen. Du wirst es gut bei uns haben, bis dein Vater kommt, um zu verhandeln."

Langsam dämmerte es bei Miramis. Sie wurde wohl für die Tochter eines weißen Soldaten gehalten. Sie sollte das Druckmittel sein, damit die Weißen die Rothäute endlich in Frieden leben ließen! Womöglich hatte sie die Indianer auch noch selbst zu sich geführt. Der Rauch, der aufgestiegen war, als sie das Feuer entfacht hatte, musste sie zu der Annahme geführt haben, dass die Hütte wieder bewohnt war. Miramis könnte sich fast selbst für ihre Unachtsamkeit ohrfeigen.

Doch je länger sie nachdachte, desto mehr war sie davon überzeugt, dass sie es in diesem Lager gar nicht so schlecht getroffen hatte.

In dem Zelt herrschte zwar eine ähnlich stickige Luft wie in der Hütte, und hier war es noch wärmer, so dass Miramis regelrechte Probleme hatte zu atmen. In der Mitte des Zeltes gab es eine Feuerstelle und rundherum waren Lager aus Bisonfellen eingerichtet. Die Frau wies ihr eines zu und erklärte, sie sollte sich ausruhen, da es morgen ein sehr anstrengender Tag werden würde. Doch diese Worte hörte Miramis schon gar nicht mehr.

Als sie am nächsten Morgen erwachte, bemerkte sie schon, dass eine feierliche Stimmung in der Luft lag. Die junge Frau vom Vortag erklärte ihr, Miramis zu Ehren würde ein Spiel stattfinden und sie besäße das einzigartige Privileg, als Weiße daran teilzunehmen.

Bei dem Spiel wurde der Stamm in zwei Gruppen eingeteilt, die versuchen mussten, mit einem Stock einen Ball mehrere Meilen entfernt in eine Höhle zu bringen. Auch Miramis wurde mit einem Stock und einem Lederriemen, dessen Sinn sie nicht ganz verstand, ausgestattet. Erst wunderte sie sich noch, warum sie keine Regeln erklärt bekommen hatte, doch nachdem das Spiel im Gange war, sah sie den Grund. Es ging mit einer ungeheuren Brutalität zu. Jeder, der in Besitz des Balles kam, musste fürchten, von der gegnerischen Mannschaft mit dem Stock verletzt zu werden.

Miramis geriet in Panik. Sie versuchte im Hintergrund zu bleiben, um sich in einem geeigneten Moment aus dem Staub zu machen. Doch dazu kam es nicht. Der Ball flog auf einmal in einem großen Bogen direkt auf sie zu. Es blieb ihr gar keine andere Wahl, als ihn an sich zu nehmen. Sie suchte vergebens nach Mitgliedern ihrer Gruppe, aber ihre Sicht wurde von mehreren Männern aus der gegnerischen Mannschaft versperrt. Einer von ihnen holte auf einmal aus und schlug ihr mit seiner Faust auf den Rücken. Vor Schmerz fiel Miramis auf die Knie. Sie bekam keine Chance wieder aufzustehen. Immer mehr Schläge bekam sie zu spüren. Statt sich zu wehren, fing sie an zu schreien, weil sie plötzlich den Sinn der Lederriemen zu spüren bekam. Sie wurde festgehalten, damit man sie fesseln konnte.

Miramis blickte noch ein letztes Mal hoch, um einen Fluchtweg zu finden. Doch sie sah nur noch die Gruppe aus ungefähr zehn Indianern um sie herumstehen. Sie konnte gerade noch erkennen, wie sich ein Stock immer schneller auf ihren Kopf zu bewegte. Es durchzuckte sie ein fürchterlicher Schmerz, wie sie ihn noch nie zuvor gespürt hatte. Übelkeit stieg in ihr hoch. Ihr wurde plötzlich schwarz vor Augen, und sie hatte das Gefühl, ins Leere zu fallen.

Mit einem ziemlich widerlich salzigen Geschmack im Mund wachte Miramis auf. Sie spuckte einmal kräftig aus und versuchte sich aufzurichten. Wegen eines stechenden Schmerzes im Rücken ließ sie sich jedoch sofort mit einem Jammern wieder zurückfallen. Bei dem Versuch sich aufzurichten, hatten sich ihre Ellenbogen ein Stück in den Boden, der weder weich noch hart war, sondern seltsam nass und krümelig, gegraben.
Erst jetzt nahm sie das Rauschen in der Ferne wahr. - Aha, ich befinde mich also am Meer irgendwo auf einem ungemütlichen Sandhaufen, stellte Miramis nicht gerade gut gelaunt fest. Naja, passt ja ganz gut. Dann bin ich jetzt eben ein gestrandetes Wrack! Mit dem Schmerz kehrte auch die Erinnerung an ihr letztes Abenteuer, das sie auf die ihr schon allzu bekannte Art und Weise beendet hatte, zurück.
Wenn auch sonst bei ihrer seltsamen Zeitreise nichts von Bestand war, wenigstens ihr

Schmerz wurde ihr gelassen, dachte sie sarkastisch. Miramis' Unmut wurde immer größer. Außerdem hatte sie im Moment noch keine Lust auf neue Gefahren, so dass sie, um der Welt für kurze Zeit zu entfliehen, erst einmal die Augen wieder schloss. Durch das permanente Rauschen der Brandung wurde sie auch schnell wieder in einen schlafähnlichen Zustand versetzt.

Doch besonders lange war ihr diese Ruhe nicht vergönnt. Irgendetwas Flüssiges, Weiches war ihr ins Gesicht geplatscht. Wie ein riesiger Regentropfen. Aber ein Regentropfen kommt normalerweise nicht allein. Also musste es etwas anderes gewesen sein. Miramis riss die Augen auf, fasste sich an die besagte Stelle und wusste plötzlich sehr genau, was es war.

Sie wurde von einer furchtbaren Wut gepackt und sah sich nach dem Übeltäter um. Die Möwe flog dicht über ihrem Kopf herum und kreischte sie höhnisch an.

Miramis griff sich eine Hand voll Sand, sprang, den Schmerz nicht beachtend, auf, und zielte mit dem Matschklumpen auf die Möwe. Doch vergeblich. Die Möwe schwang ihre Flügel und war bald nur noch als kleiner Punkt am Horizont auszumachen. Das brachte Miramis' Blut erst recht in Wallung. Mit wutverzerrtem Gesicht schrie sie dem Tier die heftigsten Gemeinheiten hinterher, so dass man glauben konnte, es sei wer weiß nicht was passiert.

Sie steigerte sich immer mehr in ihr Elend hinein, und langsam wandelte sich ihre Wut in Verzweiflung. Sie wusste plötzlich überhaupt nichts mehr. Sie fühlte sich von allen verlassen . Die ganze Welt kam ihr vor wie ein böser Traum .Mit tränenüberströmtem Gesicht lag Miramis bäuchlings im Schlamm, ihre Hände krallten sich am Boden fest, als müsste sie jeden Halt wahrnehmen, den sie hatte.

Ihr seelischer Zustand glich den Schaumkronen des Meeres. Sie hatte keinen festen Boden unter den Füßen, Angst, dass die Wellen über ihr zusammenbrechen und sie in dem riesigen Tal der Unwissenheit versinken würde.

Bin ich verrückt, fragte sie sich selbst. Auf einmal kam sie sich furchtbar lächerlich vor. Was für ein Problem hatte sie überhaupt? War es nicht am Ende egal, was wirklich ist und was nicht? Sie erinnerte sich daran, dass ihre Oma Anna immer gesagt hatte, es käme sowieso nur auf die Einstellung und auf den Moment an. Und Oma Anna war ein recht glücklicher und zufriedener Mensch gewesen. Leider war sie vor kurzem gestorben. Zum Gedenken an ihre Oma beschloss Miramis nun, nach dieser Philosophie zu leben. Das Beste aus allen Dingen herauszuholen.

Wenn sie es sich recht überlegte, war diese Zeitreise doch auch ganz positiv und vor allem interessant. Was hatte sie nur für ein Glück , dass gerade sie diese vielen fremden Welten live erleben durfte. „Also, auf geht's," sagte sie zu sich selbst, „ich bin auch schon ganz neugierig, wo ich hier gelandet bin."

Mit einem Mal war ihre ganze Lebenslust zurückgekehrt. Sie stellte sich hin und streckte sich. Zu ihrem eigenen Erstaunen waren die Rückenschmerzen fast wie weggeblasen, auch ihre nassen Kleider störten sie absolut nicht mehr. Sie ließ den Blick über ihre Umgebung schweifen.

Sie befand sich auf einer riesigen Ebene. An der einen Seite war in einiger Ferne das Meer und an der anderen waren Dünen und ein grüner Wall. Ja natürlich, sie war im Wattenmeer an der Nordsee, es war gerade Ebbe, und der Wall war ein Deich zum Schutz gegen Sturmfluten. Das hatte sie alles mal in Erfahrung gebracht, nachdem sie den Film mit Otto Waalkes, ihrem Lieblingsschauspieler, gesehen hatte. Womöglich war sie sogar in Friesland. Einen gelb-roten Leuchtturm konnte sie allerdings erkennen.

Sie konnte es jetzt kaum erwarten über den Deich zu klettern und zu gucken, was dahinter war. Erst wollte sie aber noch ihr Gesicht reinigen. Wasser gab es hier ja genug. Sie ging zu einem der Priele und wusch sich das Gesicht. Obwohl das Salzwasser in ihren Augen brannte, fühlte sie sich sehr erfrischt.

Als sie sich dem Deich näherte, erkannte sie sofort, dass er nicht der heutigen Bauweise entsprach. Er war viel steiler. Sie befand sich also nicht in der Jetztzeit, sondern 100 bis 200 Jahre davor. Zu Miramis Entzücken erschien plötzlich ein weißer Schafskopf über dem Deichkamm. Schafe mochte Miramis besonders gerne, weil diese sie immer an eine unvergessliche Sommerbekanntschaft erinnerten. Voller Inbrunst stieß sie ein lautes

Freudenmäh aus und rannte hinauf in Richtung Schaf. Doch dieses war wohl nicht besonders erpicht auf ihre Gesellschaft, jedenfalls lief es einfach davon, und Miramis musste sämtliche Tricks anwenden, um das Tier für sich zu gewinnen.

Plötzlich vernahm sie hinter sich eine Stimme. Sie drehte sich um und sah sich einem älteren Mann zu Pferde gegenüber, der sie ganz freundlich ansah: „Wer bist denn du?"

Miramis stammelte: „Ich, äh, ich bin ..."

Doch da fiel ihr der Alte schon ins Wort: „Ach, ist ja auch egal, wer du bist. Hier kannst du jedenfalls nicht bleiben. Dir muss ja eisig kalt sein. Du kommst jetzt erstmal mit zu mir. Ich bin der Deichgraf Volker Petersen."

Miramis sah ihn an und lächelte. Vertrauensvoll schwang sie sich hinter den Deichgrafen auf das Pferd. Sie ritten den Deich hinunter, an Feldern entlang, nochmal über einen Deich und dann eine Anhöhe hinauf, wo das Dorf lag. Soweit Miramis es hinter dem breiten Rücken des Mannes sehen konnte, war das Dorf nicht besonders groß, wahrscheinlich war es ein richtiges Kuhdorf.

Einige Menschen waren auf der Straße und sahen Miramis misstrauisch an. Vor einem Haus mit einer großen Linde hielt Volker Petersen das Pferd an und bedeutete Miramis abzusteigen. Sie folgte dem freundlichen Alten in das Haus. Es war zwar nicht besonders groß, dafür aber sehr gemütlich und urig. Die altmodische Einrichtung erinnerte Miramis irgendwie an die kleine Puppenstube ihrer Oma, mit der sie als Kind gerne gespielt hatte.

Eine alte Frau, die ebenfalls aussah, als wäre sie einem Bilderbuch entsprungen, und die Miramis als die Magd Martha vorgestellt wurde, gab ihr etwas Trockenes zum Anziehen. Dann setzten sie sich zum Essen zusammen an einen kleinen Tisch. Miramis wurden einige Fragen über ihre Identität gestellt, die sie entweder nur sehr knapp oder gar nicht beantwortete. Doch diese arglosen Menschen schien das nicht weiter zu beunruhigen, jedenfalls lud der Deichgraf sie ein, so lange zu bleiben wie sie wolle. Sie sehe schließlich nicht unbedingt aus wie ein entflohener Sträfling oder sonst irgendetwas Gefährliches, und außerdem werde Martha sich über

die neue Gesellschaft freuen.
Zum Schlafen wurde sie in ein kleines Zimmer mit lediglich einem Nachtschränkchen und einem Bett geführt. Miramis ließ sich sofort in die Kissen sinken. Doch sie konnte nicht einschlafen. Sie war viel zu aufgewühlt von den Ereignissen des Tages. Jetzt lag sie also in einem kleinem Haus irgendwo an der rauen Nordsee, und sie fühlte sich hier eigentlich ganz wohl. Alles war so nett und gemütlich. Und doch verspürte sie eine seltsame Unruhe, die sie sich nicht erklären konnte. Sie wurde das Gefühl einer schleichenden Gefahr nicht los, so als ob ihr langsam die Luft abgeschnürt würde.
Am nächsten Morgen waren alle Sorgen verflogen. Frisch und munter gesellte sie sich in die Küche zu Martha, die mit einer großen Schüssel auf dem Schoß dasaß und Bohnen pulte. Martha sah sie kurz an und fing dann an zu erzählen: „Im Dorf wird viel geredet. Die Leute denken sich die tollsten Geschichten über dich aus. Nicht, dass ich irgendwas davon glaube, aber Ole, der Bursche von nebenan, behauptet, du kämst von der Hallig drüben im Watt. Er sagt, er habe jeden

Abend in den Dünen gelegen und drüben eine Person auf und ab gehen sehen wie ein Gespenst. So habe er sich auch gestern wieder auf die Lauer gelegt, aber das Gespenst sei nicht aufgetaucht. Dafür bist du aber auf einmal aus dem Nichts gekommen. Dafür gibt es nur eine Erklärung, sagt Ole. Das Gespenst und du, ihr seid ein und dieselbe Person."

Miramis lief es eiskalt den Rücken herunter. Sie war in Gefahr, und sie musste zusehen, dass sie hier möglichst bald wegkäme. Doch bis jetzt war ja noch nichts richtig Schlimmes passiert, und außerdem war über Nacht ein für diese Jahreszeit ganz untypischer heftiger Sturm aufgekommen. So beschloss sie, sich noch einen Tag auszuruhen und dann weiterzuziehen.

Sie half Martha ein bisschen bei der Hausarbeit, und es tat ihr gut, mal wieder solche einfachen Dinge zu verrichten. Der Deichgraf war die ganze Zeit draußen unterwegs, weil der Sturm immer stärker wurde und die Gefahr einer Sturmflut bestand. Ansonsten verlief der Tag ohne weitere Zwischenfälle.

Mitten in der Nacht jedoch wurde sie von

seltsamen Geräuschen geweckt. Die Geräusche kamen von draußen, hatten aber nichts mit dem Sturm, der dort tobte, zu tun. Sie stand auf und huschte zum Fenster. Sie schob die Vorhänge zur Seite und versuchte in der Dunkelheit etwas zu erkennen. Nach einer Weile formte sich das undurchdringliche Schwarz in mehrere Gestalten. Ziemlich viele Gestalten, die sich in dicke Mäntel gehüllt durch das Unwetter kämpften. Es hatte den Anschein, als wäre das ganze Dorf in Aufruhr. Was hatte das zu bedeuten? Vielleicht waren ...

Sie brachte den Gedanken nicht zu Ende, denn im nächsten Moment hämmerte jemand laut an die schwere Holztür. Eine laute Männerstimme rief:

„Volker Petersen, mach sofort die Tür auf! Wir fordern Rechenschaft!"

Miramis hörte, wie sich die alte Martha langsam mit schlurfenden Schritten der Tür näherte. Obwohl sie ahnte , dass es unvernünftig war, siegte ihre Neugier und Miramis schlüpfte blitzschnell aus ihrem Zimmer hinter einen großen Sessel, von wo sie den Eingang voll im Blick hatte. Martha hatte die

Tür erreicht und öffnete sie einen Spalt breit. Doch mit gewaltiger Kraft von außen wurde sie ganz aufgestoßen. Miramis stockte der Atem. Vor der Tür drängte sich mindestens ein Dutzend Menschen, alle mit einem grimmig entschlossenen Ausdruck im Gesicht. Allen voran ein blonder Hüne, der mit einer Axt bewaffnet seinen Blick durch den Raum schweifen ließ.

Miramis machte sich ganz klein hinter ihrem Sessel. Der Angstschweiß brach ihr aus allen Poren. Ihr Herz pochte so laut, dass es jeder hören musste. Plötzlich blieb der Blick des Riesen an etwas hängen. Er schien gefunden zu haben was er suchte. Mit triumphierenden Augen rief er: „Sie, sie war es! – Sie hat das Unwetter über uns gebracht!. Sie ist eine Hexe, sie will uns alle umbringen! Sie muss sterben, bevor ihr Werk uns alle vernichtet!"

„Ja, tötet sie!" schrie es aus der Menge.

Miramis wurde von ein paar Männern gepackt und nach draußen gezerrt. Die Menschen starrten sie mit einer Mischung aus Angst und Hass an. Es stürmte, als wollten sämtliche Götter ihren Zorn an diesem Abend herauslassen. Plötzlich wurde die Welt von einem so gewaltigen Dröhnen erfasst, dass die Dorfbewohner vor Schreck die Hände wie zum Gebet zusammenschlugen und Miramis für einen kurzen Moment vergaßen. Das war ihre Chance. Sie wusste zwar nicht, wie sie es geschafft hatte, doch als sie sich ihrer selbst wieder bewusst wurde, rannte sie so schnell sie konnte den Hügel hinab. Blindlings rannte sie dem Meer in die Arme. Doch auch umdrehen konnte sie jetzt nicht mehr, denn dann wäre sie erst recht verloren.

Die Falle war zugeschnappt.

Verzweifelt rannte sie immer schneller.

Das Meer kam immer näher.

Ihre Füße wurden nass. Wasser peitschte ihr ins Gesicht. Das Tosen war ohrenbetäubend laut. Gab es denn nirgendwo auf dieser Welt einen Platz ohne Gewalt und Hass? Wurde das Leben überall und zu allen Zeiten nur von Gefahren beherrscht? Konnten nicht ...

Doch wie erstarrt blieb sie stehen, als sie plötzlich eine gewaltige, wohl 15 Meter hohe Welle auf sich zu rasen sah . Dann wurde alles schwarz.

Miramis hörte viele Stimmen, die wild durcheinander sprachen.

Sie saß in einem großen Raum, der hell erleuchtet war, denn durch die Fenster strömte das Tageslicht herein. Hinter ihr war eine Art Zaun, und dahinter saßen viele Menschen, die laut miteinander redeten. Ein Gang zwischen den Bänken führte zu einer Tür. Miramis selber saß an einem Tisch, auf dem einige Akten lagen, und musste feststellen, dass neben ihr ein vollkommen fremder Mann Platz nahm.

Er beugte sich zu ihr hinüber und sagte: „ Ich glaube, dass es sehr schlecht für Sie aussieht. Ich habe zwar noch einmal mit dem Richter sprechen können, doch ich glaube, dass er seine Entscheidung schon längst getroffen hat. Es tut mir wirklich sehr leid."

Miramis war total durcheinander und konnte keinen klaren Gedanken mehr fassen. Was war hier los? Der Mann wollte ihr noch weitere tröstende Worte zusprechen, aber plötzlich erhoben sich alle Menschen im Saal, und auch Miramis wurde aufgefordert von ihrem Platz aufzustehen. Da sie noch viel zu verwirrt war, um irgendwelche Gedanken an eine eventuelle Flucht zu verschwenden, beschloss sie, dieser Aufforderung erst einmal Folge zu leisten.

Eine Tür hatte sich geöffnet, die ihrem Platz gegenüber lag. Es traten mehrere Männer ein. Sie trugen lange, schwarze Gewänder.

Miramis' erster Eindruck schien sich zu bestätigen. Sie war in einem Gerichtssaal gelandet, und bei den Personen, die gerade eingetreten waren, handelte es sich um die Richter. Jetzt verstand sie auch den Sinn der Worte, die der Mann zu ihr gesagt hatte. Es musste sich wohl um ihren Anwalt handeln, der ihr noch kurz vor dem Urteil sagte, wie schlecht es um sie stehe.

Miramis bekam es immer mehr mit der Angst zu tun, denn sie wusste ja nicht einmal, was sie verbrochen hatte. Doch auf Grund der großen Menschenansammlung musste es sich wohl um etwas handeln, das die Öffentlichkeit sehr bewegte.

Mittlerweile hatten sich die Richter hingesetzt, und auch der Rest des Saales nahm wieder Platz. Kurz darauf begann der Mann, der in der Mitte saß, zu sprechen. Miramis vermutete, dass es sich um den Vorsitzenden Richter handeln musste, der ihr nun das Urteil verkünden wollte.
Er blickte Miramis direkt in die Augen und sagte: „Angeklagte, bitte erheben Sie sich!"
Miramis stand auf und fühlte, wie alle Blicke auf sie gerichtet waren. Der Richter fuhr fort: „Im Namen des Volkes ergeht folgendes Urteil: Die Angeklagte wird wegen Totschlags in einem besonders schweren Fall ..."
Bei diesen Worten bekam Miramis es mit der blanken Angst zu tun. Sie hatte Mühe, den Worten des Richters zu folgen. „... zu fünf Jahren Haft verurteilt. Angeklagte, Sie werden sich am Ende der Woche beim Gefängnis melden müssen. Bis dahin ist es ihnen untersagt, die Stadt zu verlassen. Falls Sie sich diesen Vorschriften widersetzen, werden wir Sie mit einem Haftbefehl suchen lassen. Sie müssen in diesem Fall mit einer Erhöhung ihrer Strafe rechnen. Wenn Sie während ihrer Zeit im Gefängnis noch eine Aussage zu

den weiteren Komplizen machen wollen, deren Namen Sie bisher nicht nennen wollten, so haben Sie jederzeit die Möglichkeit dazu. Das Gericht zieht sich jetzt zurück."
Miramis sackte auf ihren Stuhl und konnte nicht fassen, was sie da eben gehört hatte. Hinter ihr wurde das Urteil freudig aufgenommen. Die Besucher hatten wohl ein solches Ergebnis erwartet. Miramis aber saß nur fassungslos da und konnte nicht glauben, was ihr diesmal geschehen war. Es lief alles ab wie in einem Film. Sie wollte die Handlung unterbrechen und laut schreien, dass hier ein großer Irrtum vorlag. Doch sie saß nur da und verfolgte die Szenerie völlig regungslos. Entfernt nahm sie wahr, dass sich der Anwalt von ihr verabschiedete und den Ausgang des Verfahrens sehr bedauerte.
Miramis drehte sich um. Ein Großteil der Menschen hatte den Saal bereits verlassen. Überall sprachen die Menschen miteinander, und in ihren Gesichtern sah sie die Zufriedenheit über das Urteil. Miramis ließ den Blick weiter schweifen und blieb dabei an einer kleinen Gruppe von Leuten hängen, die in einer der vordersten Reihen saßen. Die Er-

wachsenen waren in ein Gespräch vertieft und schienen sie gar nicht zu beachten. Die Jugendlichen aber saßen still und eher unauffällig da und machten keine Anstalten aufzustehen. Als sich ihre Blicke trafen, drehte der Junge sein Gesicht schnell weg und verließ den Raum. Die beiden anderen, ein weiterer Junge und ein Mädchen, schlossen sich ihm an. Bald war der Saal fast leer, und die letzten Verbliebenen straften Miramis mit einem verachtenden Blick.

Sie war nun völlig allein und konnte sich nur allmählich aus ihrer Fassungslosigkeit, die einer Ohnmacht glich, lösen. Miramis verließ mit langsamen, bedächtigen Schritten den Saal. Was sollte sie jetzt bloß tun?

Da Miramis nicht ziellos durch die Straßen irren wollte, setzte sie sich auf eine Bank im langen Korridor. Sie wollte sich einen Plan machen, wie sie jetzt am besten vorgehen konnte. Doch ihr fehlten die Kraft und auch die logischen Einfälle, um ihrem Vorhaben ein sinnvolles Ergebnis folgen zu lassen. Vielleicht würde sie ja wieder aus dieser Geschichte entkommen, wie es schon so oft der Fall war,

aber auf diesen Zufall wollte und konnte sie nicht warten.
Und wer weiß, es könnte diesmal ja auch die letzte Station ihrer langen Reise sein. Miramis musste wehmütig an ihre Heimatstadt Berlin denken. Was sich da wohl verändert haben mochte, wenn überhaupt etwas passiert war. Würde sie je wieder dorthin zurückkehren? Diesen Gedanken wollte Miramis nicht zu Ende denken. Sie hatte auch sehr viel Schönes erlebt, musste es denn ausgerechnet hier zu Ende sein. „STOPP", dachte Miramis, „was nützt es mir, wenn ich jetzt in Selbstmitleid versinke." Vielleicht war es ja noch nicht zu spät, ihre derzeitige Situation zu ändern. Sie musste jetzt logisch vorgehen, ihre Zeit sinnvoll nutzen, denn viel besaß Miramis davon nicht mehr.
Immer wieder musste sie an das Verbrechen denken, das sie begangen haben sollte. Miramis war einfach nicht in der Lage, einen Menschen zu töten. Sie konnte ja noch nicht einmal einer Fliege was zu Leide tun. Das einzige Verbrechen, das Miramis einmal begangen hatte, war, eine Packung Kaugummis mitgehen zu lassen. Danach hatte sie sich tagelang total

mies gefühlt und sich geschworen, so etwas nicht noch einmal zu machen.
Miramis wollte jetzt soviel wie möglich über die Tat, die sie begangen haben sollte, herausfinden, denn nur so konnte sie versuchen sich dagegen zu wehren. Doch wie sollte sie das machen? Es gab keinen, den Miramis um Hilfe bitten konnte. Jeder in dieser Stadt verachtete sie zutiefst und würde wohl alles dafür tun, sie lieber heute als morgen hinter Gefängnismauern zu sehen. Miramis musste eine Lösung finden, die sie alleine bewältigen konnte. Sie versuchte logisch zu denken. Wo gibt es in einer Stadt die Möglichkeit, sich Informationen zu beschaffen?
Und plötzlich hatte Miramis endlich eine Idee, über die sie sich etwas freuen konnte. Es gab eine Lösung ihres Problems. Sie musste eine Zeitung aufsuchen. Dort konnte Miramis sicher die Ausgaben der vergangenen Tage finden, die ihr Aufschluss darüber geben konnten, was sie begangen haben sollte.
Miramis fühlte sich jetzt nicht wesentlich besser, aber wenigstens hatte sie eine Vorstellung darüber, wie ihr weiteres Vorgehen aussehen sollte, und das beruhigte sie ein

bisschen. Doch wie konnte sie herausfinden, wo sich in dieser Stadt die Zeitung befand, wenn es hier überhaupt eine gab, denn vielleicht war es nur eine Kleinstadt, die gar keine eigene Tageszeitung besaß. Daran mochte Miramis gar nicht denken, denn sie sah nur diese einzige Möglichkeit, ihrem Unwissen ein Ende zu setzen. Miramis versuchte sich abzulenken und beschloss, ihrer Idee auch erst einmal die Ausführung folgen zu lassen, anstatt sich über die möglichen Auswirkungen Gedanken zu machen.

Miramis überlegte, wie sie am besten erfahren konnte, ob es hier eine Zeitung gab. Sie kam zu dem Schluss, dass eine mögliche Adresse sicher in einem Telefonbuch zu finden war. Also stand Miramis auf, lief den Korridor entlang und stieg am Ende eine Treppe hinunter. Unten konnte sie schon den Ausgang erkennen und steuerte direkt darauf zu.

Miramis hatte Glück, zu dieser Tageszeit waren nicht sehr viele Menschen unterwegs. Und diejenigen, die ihr entgegen kamen, zeigten kein großes Interesse an ihrer Person. Trotz allem versuchte Miramis den Leuten aus dem Weg zu gehen, denn sie wollte nicht auf offener Straße als eine Verbrecherin beschimpft werden, das hätte sie wahrscheinlich vollkommen aus der Bahn geworfen. Miramis lief eine ganze Weile durch die Stadt, ehe sie eine Telefonzelle fand. Doch zu ihrem Pech war die Zelle besetzt und davor stand noch eine Person, die telefonieren wollte.

Miramis musste also warten, aber das machte ihr nichts aus, denn sie konnte ja sowieso erst gegen Abend versuchen in das Gebäude zu gelangen. Also setzte sie sich in einen Hauseingang in einer kleinen Nebenstraße, von wo aus sie die Telefonzelle genau im Blick hatte. Die Zeit verging nur sehr schleppend und die Person zeigte keine Anzeichen ihr Gespräch zu beenden. Langsam wurde Miramis nun doch nervös, denn mit jeder weiteren Minute sank die Chance ihre Unschuld zu beweisen.

Während der Warterei schaute sie sich immer wieder um und prägte sich ihre Umgebung etwas genauer ein, das konnte schließlich nur von Vorteil sein. Da sah sie in der Ferne zwei Menschen, die sich in ihre Richtung bewegten. Aus irgendeinem Grund verfolgte Miramis die Beiden weiter. Nach kurzer Zeit konnte sie die Gesichter erkennen und ihr wurde klar, dass sie den Jungen und das Mädchen schon einmal gesehen hatte. Sie gehörten zu der Gruppe, die ihr im Gerichtssaal aufgefallen waren. Die Jugendlichen hatten etwas an sich, das Miramis stutzig machte. Und da sie in absehbarer Zeit nicht an das Telefonbuch kam, beschloss sie, ihnen zu folgen.

Miramis schlich sich dicht an den Hauswänden entlang und nutzte jeden Eingang oder andere Möglichkeiten um sich für kurze Zeit zu verstecken. Während sie die Beiden verfolgte, musste Miramis immer wieder an die Begegnung im Gericht denken. Sie hatten so erschrocken dagesessen ohne auf das Urteil zu reagieren, wie es die meisten im Saal getan hatten. Die Verfolgung kam Miramis einfach unendlich lang vor. Und mit jeder weiteren Minute wuchs ihre Angst, doch noch entdeckt zu werden. Dann ging aber alles sehr schnell, und Miramis musste aufpassen die beiden nicht zu verlieren. Der Junge und das Mädchen blickten sich noch ein letztes Mal um, bevor sie in einen Weg abbogen. Miramis konnte hinter einer Gruppe von Bäumen einen

kleinen Schuppen erkennen. Bald darauf hörte sie eine Tür knarren.
Als Miramis sicher sein konnte, dass die beiden im Schuppen waren, rannte sie schnell dort hin und versteckte sich auf der Rückseite. Kurz nachdem Miramis dort war, hörte sie weitere Schritte auf den Schuppen zukommen. Und die Tür knarrte wieder, als die Personen eintraten. Da Miramis wissen wollte, um wen es sich handelte, schaute sie vorsichtig durch das Fenster.
Der Schuppen war karg eingerichtet. Ein Tisch und mehrere Stühle befanden sich dort. Andere Gegenstände, bis auf ein paar Kleinigkeiten wie ein Bild an der Wand, konnte sie nicht erkennen. Doch ihr Interesse galt viel mehr den Personen als der Einrichtung. Miramis erkannte, dass sie diese Leute alle auch im Gericht gesehen hatte. Aber eine Person war ihr völlig unbekannt. Sie stand mit dem Rücken zum Fenster, durch das Miramis blickte. Und sie musste feststellen, dass die Person von hinten eine ziemliche Ähnlichkeit mit ihr selbst aufwies. Sie hatten ungefähr die gleiche Körpergröße und eine ähnliche Statur. Außerdem besaßen sie beide schulter-

lange, blonde Haare. Doch Miramis löste sich von diesem Anblick und versuchte dem Gespräch zu lauschen, denn die Gruppe hatte gerade begonnen, miteinander zu diskutieren. Zuerst brauchte Miramis etwas Zeit um sich an die Lautstärke zu gewöhnen, denn alle sprachen sehr leise. Doch dann konnte sie recht viel verstehen. Miramis hörte eine Mädchenstimme sagen: „Ich habe schreckliche Angst! Was ist, wenn sie die Wahrheit herausfinden? Dann bin ich erledigt." Sie fing an zu weinen und war nicht mehr in der Lage weiter zu sprechen.

Sofort versuchte einer der Jungen sie zu beruhigen: „Was soll denn passieren? Sie haben doch jetzt jemanden, den sie bestrafen. Es kann wirklich nichts Schlimmes geschehen."

Und der andere Junge fügte hinzu: „Jetzt, wo sie einen Täter haben, werden die Leute auch nicht mehr weitersuchen. Es konnte uns gar nichts Besseres passieren, als dass sie dieses komische Mädchen verdächtigten. Das ist echt ein Zufall, dass sie dir so ähnlich sieht. Und diese Zeugin kannst du dann auch vergessen, die hat sie ja identifiziert. Du

siehst, es kann nichts geschehen. Also beruhige dich bloß wieder."
Das Mädchen erwiderte aber, dass sie die Person sei, die von der Polizei gesucht wird. Die Jungen versuchten weiter, sie zu beruhigen, als sich plötzlich das Mädchen zu Wort meldete, das bisher nichts gesagt hatte. Mit einer lauten Stimme rief es: „ Hört doch endlich auf!"
Die anderen endeten abrupt und starrten sie wohl verwundert an, denn kurz danach fuhr das Mädchen fort: „Es ist wirklich schlimm, wenn man das so anhört. Ihr denkt ja nur an euch, - aber was ist mit dem Mädchen, das bald ins Gefängnis muss, die ist ..."
Ein Junge fiel ihr ins Wort: „Darüber machst du dir *jetzt* Gedanken. Du bist doch selbst erleichtert, dass sie aufgetaucht ist. Du hättest dich nie im Leben der Polizei gestellt, dafür kenne ich dich zu gut. Also lass die dummen Sprüche!" Daraufhin sagte das Mädchen kein Wort mehr. Kurze Zeit danach war das Gespräch beendet. Einer der Jungen betonte noch einmal, dass es wichtig sei, die Nerven zu behalten, nun würde schon keiner mehr Verdacht schöpfen.

Bald darauf war der Treffpunkt menschenleer bis auf Miramis, die immer noch an ihrem Platz saß. Sie versuchte die Neuigkeiten zu verarbeiten, denn anstatt Antworten zu bekommen, hatte sie jetzt nur noch mehr Fragen. Miramis wusste zwar nun, wer die Täter waren, doch über die Tat, derer sie beschuldigt wurde und die andere begangen hatten, war sie immer noch völlig im Unklaren. Wie konnten die das bloß tun? Sie ließen einen unschuldigen Menschen ins Gefängnis wandern, nur um sich selber zu schützen. Das konnte doch wohl nicht Gerechtigkeit sein. Doch was sollte sie jetzt machen?

Miramis versuchte sich auf das zu besinnen, was sie sich überlegt hatte. Sie musste eine Zeitung finden um endlich Klarheit zu erhalten. Aber schon kurz danach musste sie feststellen, dass ihre Idee vollkommener Blödsinn war. Wie sollte sie einen bestimmten Ort in einer Stadt finden, die ihr total unbekannt war. Wie war sie bloß auf so eine bescheuerte Idee gekommen. Diese Erkenntnis ließ ihre Stimmung auf einen Nullpunkt sinken. Jetzt war sie wirklich am Ende.

Nach einer Weile stand sie auf und ging zurück zur Straße. Miramis wusste nicht, wohin sie gehen sollte. Sie lief ziellos durch die Stadt und schaute sich dabei nur selten um. Miramis wusste nicht, wieviel Zeit inzwischen vergangen war, als sie vor einer Brücke stand, die in einen Park führte. Miramis setzte ihren Weg einfach fort, und als sie eine Bank sah, nahm sie Platz. Sie ließ ihren Blick schweifen, und dieser endete schließlich beim Mülleimer, der neben der Bank stand. Bis Miramis begriff, was dort ganz oben lag, dauerte es eine Weile. Es war eine Zeitung, und sie hatte Glück, denn es handelte sich um die Ausgabe vom Vortag.
Sofort holte Miramis die Zeitung heraus und las die Überschrift auf der Titelseite: **PROZESSENDE IM MORDFALL HINZE.** Schnell überflog Miramis den Artikel. Dabei verschlug es ihr immer wieder die Sprache. In dem Artikel stand, dass vor einigen Wochen die junge Marie Hinze tot im Stadtpark aufgefunden worden war. Die Leiche wies eine starke Kopfverletzung auf, die sie sich beim Sturz von einer Böschung zugezogen hatte. Die Polizei vermutet auf Grund einer Zeugen-

aussage, dass noch weitere Personen an dem Tod des jungen Mädchens beteiligt waren. Die zufällig anwesende Zeugin hatte eine Gruppe von vier Jugendlichen am Tatort gesehen. Eine Person konnte sie etwas genauer erkennen. Sie trug eine weiße Jacke und hatte schulterlange, blonde Haare.
Einige Tage später nahm die Polizei ein Mädchen fest. Die Zeugin konnte sich inzwischen besser erinnern und identifizierte die Person eindeutig als die Person, die sie im Park gesehen hatte.
Die Verdächtige hat bisher keine Aussagen gemacht und weist jegliche Schuld von sich. Da dieser Prozess auf Indizien und Zeugenaussagen beruht, wird mit Spannung das Urteil erwartet, morgen, am 16. Februar.
Der nächste Satz verschwamm vor Miramis' Augen und bald war alles schwarz um sie ...

Miramis wurde langsam wieder wach und schlug ihre Augen auf. Sie war todmüde und musste erst einmal lautstark gähnen, bevor sie ihre Umgebung genauer betrachtete. Es war sehr schwierig, etwas zu erkennen, da es stockfinster um sie herum war. Nur ganz vereinzelte Lichtstrahlen gelangten an ihre Augen, so dass sie blinzeln musste; ein solch helles Licht waren ihre Augen nicht mehr gewohnt.

Aber wo war sie hier eigentlich? Sie spürte, dass der Untergrund , auf dem sie saß, aus Holz bestand und auch die Wände, die sie umgaben, waren größtenteils aus Holz und irgendeinem anderen kälteren und glatteren Material. Sie vermutete, dass es sich um Metall oder so etwas ähnliches handelte. Sie befand sich also in einem Raum, der aus Holzwänden bestand. Es war wohl eher eine kleine Kiste, denn als sie versuchte sich aufzurichten, stieß sie mit dem Kopf an etwas Hartes und sank wie ein Mehlsack wieder auf den

Boden. Autsch! Das tat weh und würde bestimmt eine riesige Beule geben. Ihr Kopf begann wie verrückt zu hämmern und zu allem Überfluss war ihr Fuß auch noch eingeschlafen und kribbelte, als hätte sie Tausende von Ameisen in ihrem Schuh. Sie musste sich so schnell wie möglich etwas einfallen lassen um hier herauszukommen.

So tastete sie mit ihren Händen den ganzen Raum nochmals genauer von oben bis unten ab und wusste danach, dass dieser Raum wirklich gerade so groß war, dass sie eingequetscht wie eine Ölsardine darin Platz hatte. Komisch war auch, dass die Wände keine geraden Formen aufwiesen sondern sehr krumm und schief waren. Die Decke war verantwortlich für das bisschen Licht, das sie umgab. Es waren winzige Strahlen, die sich durch kleine Schlitze im Holz ihren Weg bahnten.

Miramis beschloss, ihren Befreiungsversuch durch die Decke zu unternehmen, denn möglicherweise war diese nicht so stabil wie die anderen Wände. Mit ihrem ganzen Gewicht drückte sie gegen das Holz. Dabei spürte sie, wie der Widerstand immer schwächer wurde, bis es plötzlich „flopp“ machte und die Holzdecke mit einem Knall auf den Boden fiel. Miramis war im ersten Moment verblüfft, so dass sie noch einige Sekunden sitzen blieb. Dann raffte sie sich auf und blickte sich neugierig um.

Zuerst hatten ihre Augen ein paar Schwierigkeiten, sich an das beißende Neonlicht zu gewöhnen, und plötzlich wurde ihr schwindelig; sie musste sich anlehnen, um nicht umzukippen. So stand sie einige Minuten regungslos da, in dieser vermeintlichen Kiste, die sich nun als Fass entpuppte. Nachdem ihr Schwindelgefühl etwas nachließ, stieg sie aus dem Fass und blickte sich genauer um. Der Ort glich einer großen Fabrikhalle, in der Kisten über Kisten in allen erdenklichen Größen in Reih und Glied nebeneinander und übereinander gestapelt waren.

Die Wände des Raumes waren anscheinend aus Metall, und an der Decke hingen vereinzelt Neonröhren. Aber irgendetwas kam ihr seltsam vor. Es gab hier gar keine Menschen oder technische Geräte wie zum Beispiel Gabelstapler, die man sonst in einer Fabrik finden konnte. Auf einmal begann der Boden unter ihren Füßen zu schwanken. Miramis wurde das Ganze immer unheimlicher; sie wollte nur noch nach draußen. Sie lief durch den riesigen Raum und schaute in alle Ecken und Winkel, um vielleicht irgendwo ein Fenster oder eine Tür zu entdecken, doch sie konnte nichts dergleichen finden. Plötzlich hörte sie ein Geräusch, das immer lauter wurde.

Bald wurde ihr klar, woher dieses Geräusch stammte, denn als sie nach oben sah, entdeckte sie, wie die schwere Eisendecke sich bewegte. Ganz instinktiv versteckte sie sich hinter einer Kiste und wartete, was als Nächstes passieren würde. Die Decke wurde ein großes Stück beiseite geschoben, so dass Miramis, wenn sie nach oben schaute, einen sternklaren Himmel erkennen konnte.

Das laute Geräusch hatte aufgehört; die Decke kam zum Stillstand. Da waren aber noch andere Geräusche, die sich anhörten wie ein Gewirr aus Stimmen. Als ob ganz viele Menschen in verschiedenen Sprachen durcheinander sprechen. Miramis meinte aus dem Kauderwelsch etwas Englisch, Chinesisch und Japanisch herauszuhören. Die Stimmen kamen immer näher, und je lauter sie wurden, desto lauter pochte auch ihr Herz. Wenig später

sah Miramis einen Mann asiatischen Aussehens, der eine Leiter hinunterließ, auf der er dann ins Innere stieg.
Er ging bis zum Ende des Ganges. Dann verschwand er hinter einer der vielen Kisten. Miramis dachte nicht lange nach. Als sie keine Stimme mehr von oben hörte, lief sie aus ihrem Versteck heraus und kletterte über die Leiter ins Freie.
Völlig erschöpft von der ganzen Aufregung, verschnaufte sie , oben angelangt, erst einmal und atmete die schöne frische Luft ein. Doch Moment mal, diese Luft hatte nichts mit der schönen frischen Frühlingsluft zu tun, die sie erwartet hatte, ganz im Gegenteil, es stank sogar ziemlich stark nach Abgasen und anderem ekligen Zeug. Angewidert verzog sie das Gesicht und hielt sich die Nase zu. Doch eigentlich war das im Moment auch relativ unwichtig, sie musste und wollte so schnell wie möglich von hier verschwinden. Sie blickte sich langsam um, denn ihre Augen hatten sich noch nicht ganz an die neue Dunkelheit gewöhnt. Sie war gerade dabei, sich mit der neuen Umgebung vertraut zu machen, als sie Schritte hinter sich hörte. Ihr musste jetzt

ein Blitzgedanke kommen, irgendein Ort, wo man sie nicht finden würde. Da entdeckte sie ihre Rettung: eine Plastikplane. Sie verlor keine Zeit und schlüpfte so schnell es ging unter die Plane.

Die Schritte kamen immer näher. Dann hörte sie nichts mehr. Doch plötzlich riss jemand die Plane hoch. Erschrocken zuckte sie zusammen. Sie war erstaunt über den Anblick, der sich ihr bot, denn vor ihr stand der Mann aus dem Innenraum.

Langsam kroch sie aus ihrem Versteck hervor. Der Mann starrte sie an, als wäre sie ein Gespenst oder so etwas ähnliches. Sollte sie nun wegrennen oder dem Mann eine gute Ausrede auftischen? Noch bevor sie sich entschieden hatte, sagte der Mann in einem ziemlich schroffen Ton ein paar seltsam klingende Worte, die Miramis nicht verstand. Sie begriff nur, dass ihr nun so schnell wie möglich etwas Bahnbrechendes einfallen musste, die Situation wurde immer brenzliger.

Sie hatte eine Idee. Ihr fiel der Trick ein, mit dem sie auch ihren Vater früher immer herumbekommen hatte. Sie begann herzzerreißend zu weinen. Mit einem Mal veränderte sich der Gesichtsausdruck des Mannes, unter dem Schleier ihrer Tränen konnte sie beobachten, wie er sich verzweifelt umsah. Zuerst begann er freundlich auf sie einzureden, als er jedoch merkte, dass auch dies nichts half, begann er leise zu summen. Miramis musste ein Lachen unterdrücken und hörte auf zu weinen. Immer noch etwas schluchzend, versuchte sie dem Mann auf Englisch zu erklären, wer sie war, was sie hier tat ...

Sie machte dabei so ein Mitleid erregendes Gesicht, dass der Mann nur nickte. Nach ein paar Minuten der Stille begann ihr Gegenüber in einem Kauderwelsch aus Englisch und einer asiatischen Sprache Miramis zu erklären, was er unten im Innenraum gewollt hatte, und warum er nun so erstaunt war, ein Mädchen zu sehen.

Nach seiner Erklärung, von der Miramis nur einen Bruchteil verstand, aber aus der sie erkennen konnte, dass er mehr Angst vor ihr hatte, als sie vor ihm, fasste sie wieder Mut und fragte ihn: „Wo sind wir hier?"

Er sagte mit einigem Erstaunen: „Wir befinden uns hier auf dem Schiff PEKING II und

liefern frische Ware im Hafen von Schanghai ab."
Beide schauten sich etwas ungläubig an, als könne keiner das glauben, was er gerade gehört hatte. Man sah, wie der Chinese grübelte und überlegte, was ein so junges Mädchen an diesem Ort machte. Aber anscheinend wusste sie das selbst nicht genau, sie machte auf ihn einen ziemlich verwirrten Eindruck.
Der Chinese wollte nun endlich wissen, wer das Mädchen, das vor ihm stand, nun wirklich war. Deshalb stellt er eine Frage nach der anderen. Doch auf viele seiner Fragen wusste sie ja selbst keine Antwort. In ein paar kurzen Sätzen beantwortete Miramis seine Fragen so gut es ging und schilderte ihre Lage.
Erst jetzt wurde Miramis sich richtig der Tatsache bewusst, dass sie sich auf einem Seeschiff befand. Anscheinend war es ein Frachter, der Ladung in Schanghai abliefern sollte. Der Mann schaute sie immer noch etwas ratlos und besorgt an, machte aber keine Anstalten, sie dem Kapitän oder sonst jemandem vorzuführen.
Unvermittelt packte er sie am Arm und zerrte sie vom Schiff, sie wusste nicht, wie ihr

geschah. Alles passierte ganz schnell, und plötzlich waren sie mitten in Schanghais Verkehrs-Chaos. Es war tiefe Nacht, als sie im immer noch lebendigen Zentrum der Stadt ankamen. Miramis war überwältigt von den Menschenmassen, den vielen Geschäften mit ihren hell erleuchteten Schaufenstern und den riesigen Wolkenkratzern.
Doch sie konnte sich das alles gar nicht in Ruhe ansehen, da wurde sie auch schon weiter geschleift. Dies war also eine der größten Städte Chinas, von der ihr ihre Großmutter immer so viel erzählt hatte.
Miramis musste an ihre Großmutter denken, wie diese immer mit großer Freude aus ihrer Kindheit erzählt hatte. Es war immer wieder spannend, diese Erlebnisse zu hören, denn ihre Großmutter hatte ein aufregendes Leben geführt. Die Erinnerungen an ihre heiß geliebte „Nana", wie sie sie immer genannt hatte, wurden plötzlich wieder wach. Sie vergaß alles um sich herum und versank in einen Tagtraum. Sie sah ihre Großmutter als kleines Mädchen, wie sie gerade mit einem chinesischen Mädchen auf der Straße spielte.

Da wurde sie plötzlich von einer männlichen Stimme gerufen. Miramis wollte gerade antworten, doch bei näherem Hinhören erkannte sie, dass nicht sie gemeint war, sondern ihre Großmutter. Auf der Bildfläche tauchte ein Mann auf, das musste ihr Urgroßvater sein. Er rief ein zweites Mal, das Mädchen sprang nun auf und lief voller Freunde auf ihren Vater zu, der sie dann liebevoll in die Arme schloss, das alles sah sie so deutlich, als wäre sie wirklich dabei, wie in einem Film. Doch war dieser Film, den sie da sah, das Leben ihrer Großmutter. So hatte sie es schon tausendmal aus Erzählungen gehört.

Der Film lief weiter und zeigte eine glückliche Familie am Esstisch. Da klingelte das Telefon, der Vater ging an den Apparat, nach dem Gespräch verabschiedete er sich kurz und verließ das Haus.

Es tauchten weitere Szenen vor ihrem geistigen Auge auf. Zum Beispiel, wie ihr Urgroßvater gerade in seinem Büro sitzt und auf die Tasten seiner Schreibmaschine einhämmert. Da stürmt plötzlich ein junges Mädchen ins Zimmer und setzt sich auf seinen Schoß.

Miramis sieht nur noch, wie er seine Arbeit unterbricht, und dann verschwindet auch diese Szene. Miramis erinnert sich, wie ihre Großmutter immer zärtlich von ihrem Vater gesprochen hatte. Doch der Film war anscheinend noch nicht zu Ende.
Wie konnte es sein, dass sie das so klar wahrnahm. Als wäre sie die Kamerafrau, steuerte sie direkt auf ein Haus zu, warf einen Blick auf das Türschild, auf dem geschrieben stand „FAMILIE KRAUSE" und etwas weiter darunter *„Hermann und Marie mit Tochter Hertha"*.
Hertha das war ihre Großmutter, sie lebte zu der Zeit mit ihren Eltern in Schanghai, weil ihr Vater Kriegsberichterstatter war. Hertha war also ein Kriegskind, denn sie wurde 1924 geboren. Doch aus ihren Erzählungen von früher ging das nicht hervor. Die Großmutter erzählte nie mit Verbitterung und rühmte auch nicht den Glanz vergangener Tage. Ihre Geschichten waren leise. Stumme Zeitzeugen. Und wenn sie erzählte, umgab sie dieses geheimnisvolle Flair.
Doch plötzlich wurde sie aus ihren Erinnerungen sehr unfreiwillig herausgerissen. Sie machte die Bekanntschaft mit einem Later-

nenpfahl, vor dem sie sicherlich noch eine Weile gestanden hätte, wenn sie nicht jemand sehr grob weiter gezogen hätte. So langsam erinnerte sie sich wieder an den Menschen, der sie so unsanft weiter trieb. Es war der Chinese vom Schiff. Miramis blickte sich erschrocken um. Wo waren die Hochhäuser geblieben? Und was um alles in der Welt hatte dieser Wahnsinnige mit ihr vor?
Miramis ließ sich einfach mitziehen, sie war viel zu müde, um sich gegen irgendetwas zu wehren. Jetzt machten sich auch ihre schmerzenden Füße bemerkbar und das immer stärker werdende Knurren ihres Magens. In Miramis' Kopf begann sich alles zu drehen; ihr wurde heiß und kalt und sie torkelte nur noch so durch die Gegend. Das letzte, was sie wahrnahm, war der Eingang eines chinesischen Restaurants, dann wurde ihr ganz schwarz vor Augen.

Als Miramis wieder aufwachte, war es Morgen. Sie befand sich in einem abgedunkelten Zimmer in einem fremden Bett und mit einem ihr unbekannten Schlafanzug am Leib.

Sie wollte schnell aufspringen und den Raum verlassen, doch da kam eine Frau ins Zimmer, die sie freundlich anlächelte und ihr durch Zeichensprache zu verstehen gab, dass sie ruhig liegen bleiben solle.
Sie hatte jegliches Zeitgefühl verloren. Sie schlief wieder fest ein. Erst Stunden später wachte sie wieder auf.
Draußen war es bereits dunkel, und der Mond schien in das Zimmer. Miramis stieg langsam aus ihrem Bett, denn sie wollte nun all den Fragen, die ihr im Kopf umherschwirrten, auf den Grund gehen. Sie tappste etwas wankend und immer noch sehr müde zu einem Vorhang, der wohl eine Tür ersetzen sollte, schob diesen beiseite und blickte in einen spärlich beleuchteten Raum, in dem sechs Personen an einem Tisch saßen. Der Raum war nur dürftig eingerichtet; es gab eine kleine Kochecke und einen Schrank, und dann war da nur noch ein Sessel, der vor dem Fernseher stand.
Miramis rieb sich verschlafen die Augen und blickte in sechs freundliche Gesichter, die sie erwartungsvoll anschauten. Da erkannte sie den Chinesen vom Schiff wieder, also musste er sie hierher gebracht haben. Miramis ver-

suchte sich zu erinnern, doch in ihrem Gedächtnis war eine einzige Leere. Bevor sie noch weiter grübeln konnte, ergriff eine junge Frau, die mit am Tisch saß, das Wort. Sie sprach in gebrochenem Englisch, aber für Miramis verständlich, ein paar kurze Sätze, in denen sie ihr die Situation zu schildern versuchte. Daraus ging hervor, dass sie nun schon seit zwei Tagen von der Familie Wang beherbergt wurde.

Miramis war etwas irritiert, wieso hatte diese Familie sie so lange aufgenommen, sie fand keine einleuchtende Erklärung. Aber irgendwie erschien ihr die Familie recht sympathisch, auch wenn sie bisher nur die junge Frau und den Chinesen vom Schiff kannte, der sich sehr bescheiden zurückhielt. Doch anscheinend konnten die anderen im Raum befindlichen Personen nur chinesisch. Es war noch eine deutliche Unsicherheit und Zurückhaltung von beiden Seiten zu spüren. Das änderte sich, nachdem Miramis ihren Wunsch nach etwas Essbarem geäußert hatte.

Sogleich begannen die zwei anderen Frauen mit Töpfen und Schüsseln zu hantieren, und im Nu zauberten sie Miramis ein Festmenü.

Nachdem sie sich den Bauch voll geschlagen hatte und dabei genauestens von der Familie beäugt wurde, war es der Chinese vom Schiff, der sich zum ersten Mal zu Wort meldete. Er fragte Miramis in seiner halb englischen, halb chinesischen Art: „Was willst du nun als Nächstes tun? Wenn du möchtest, kannst du gerne noch eine Nacht hier bleiben."
Es war schon komisch, irgendwie war dieser Mann ihr immer noch etwas unheimlich, und jetzt bot er ihr an, noch eine Nacht hier zu verbringen. Miramis blieb sehr skeptisch. Was hatte er vor? Doch andererseits machte die Familie einen wirklich netten Eindruck. Die anderen Familienmitglieder nickten zustimmend, nachdem ihnen alles übersetzt wurde.
Miramis überlegte kurz; doch eigentlich gab es keinen Grund, nicht noch ein wenig hier zu bleiben, da sie im Moment sowieso keine bessere Lösung sah. Vielleicht sahen die Dinge ja morgen schon ganz anders aus.
Nachdem Miramis zugestimmt hatte, saßen alle noch ein Weilchen zusammen und ein Teil der Familie besprach einige Dinge auf Chinesisch. Die anderen unterhielten sich mit Mi-

ramis über die Familie. Dabei erfuhr Miramis, dass hier drei Generationen am Tisch saßen, die Großeltern, Eltern und Kinder. Zu den Kindern zählten die junge Frau und der Chinese vom Schiff, die auch als einzige ein bisschen Englisch konnten und wenn es nötig war, das Gesagte übersetzten.

Alle sahen Miramis immer wieder interessiert an, und plötzlich zog die Großmutter ihre Enkelin am Ärmel. Sie schien irgendetwas wissen zu wollen und war dabei ganz aufgeregt. Die Enkelin versuchte, Miramis die Fragen der Großmutter zu übersetzen. Es handelte sich anscheinend um die Kette, die Miramis um den Hals trug. Sie bestand aus einem Lederband, an dem eine alte Münze befestigt war; ein Geschenk von Miramis' Großmutter. Die alte Chinesin wollte, dass sie die Kette abnahm, damit sie sie besser sehen konnte. Miramis tat ihr den Gefallen.

Als die Großmutter die Kette in den Händen hielt, wurden ihre Augen immer größer. Miramis wunderte sich, denn eigentlich war an dem Schmuckstück nichts Besonderes. Es standen nur ein paar seltsam aussehende Zeichen auf der Münze.

Die „chinesische Großmutter“, wie Miramis sie inzwischen getauft hatte, wurde immer aufgeregter. Schließlich sagte sie rasch etwas auf Chinesisch, und nach einer Handbewegung zu urteilen, wollte sie, dass alle so schnell wie möglich den Raum verließen.
Miramis verstand überhaupt nichts mehr. Warum sollten alle den Raum verlassen? Die anderen waren auch etwas erstaunt. Doch entfernten sie sich nach und nach alle und ließen Miramis mit der „chinesischen Großmutter“ allein zurück.
Die alte Frau lächelte Miramis freundlich und aufmunternd an, gab ihr die Kette zurück und nahm sie dann an die Hand. Miramis war immer noch verwirrt. Was wollte die alte Frau von ihr? Sie sollte irgendwo hingeführt werden.
Vor einer abgelegenen Tür blieben sie stehen, und die Chinesin schloss einen Raum auf. Das alles geschah sehr langsam und bedächtig. Als die Tür offen war, sah Miramis vor sich einen kleinen Raum , dessen Wände über und über mit Tüchern bedeckt waren, so dass kein Tageslicht einströmen konnte. In den Ecken waren Kerzenständer aufgebaut, die ein beruhi-

gendes aber auch geheimnisvolles Gefühl vermittelten. Miramis war ganz gefangen von der Atmosphäre. Die Großmutter schob sie sachte in den Raum hinein und bedeutete ihr, sich auf einen der Stühle, die um einen runden Tisch herum standen, zu setzen.

Jetzt erst bemerkte Miramis dieses etwas eigenartige Roulettespiel auf dem Tisch. Die Chinesin hatte bisher nichts zu ihr gesagt, doch nun begann sie sehr langsam und holprig ein paar Wort in deutscher Sprache zu sagen. Miramis war so verblüfft, dass sie nichts erwidern konnte. „Der Kette ich gesehen. Du kennen Spiel," sagte die alte Frau.

Miramis nickte nur. Natürlich konnte sie Roulette spielen, gar keine Frage. Wer konnte das nicht? Ihre Großmutter zum Beispiel ...

Die alte Frau dämpfte ihre Stimme und erzählte, dass das Roulettespiel vor vielen, vielen Jahren hier in China erfunden worden war, von einem ihrer Urahnen.

Miramis war überrascht; das hatte sie natürlich nicht gewusst. Die Frau sagte weiter, dass das Roulettespiel dadurch natürlich eine alte Tradition in ihrer Familie habe.

Miramis erinnerte sich plötzlich wieder an ihren Geburtstag, an dem sie ein Roulettespiel von ihrer Großmutter erhalten hatte. Sie hatte es damals gar nicht richtig ausprobiert - und während sie so in Gedanken versunken dasaß, merkte sie gar nicht, wie ihre Hand nach einer kleinen Kugel griff, die am Rand des Spieles lag.
Die alte Frau hatte sich kurz abgewandt und wühlte in einer Schublade, die unter dem Tisch befestigt war. Schließlich hatte sie gefunden, was sie suchte, und hielt Miramis eine ähnliche Münze wie die ihre unter die Nase. Die Chinesin erzählte ihr mühsam: „Das Münze – Vater. Fort. 13 Jahr."
Miramis ließ sich die Zahl 13 auf der Zunge zergehen und fühlte sich in diesem Moment an ein Märchen erinnert.
Plötzlich sah sie statt einer Frau zwei, die vor ihr standen und die Hände über dem Kopf zusammenschlugen, dann wurde ihr ganz schwindelig.

Miramis wurde von einem Dröhnen geweckt. Es hörte sich wie ein Staubsauger an. Doch als sie ihre Augen öffnete, sah sie in gut 50 Meter Entfernung ein seltsames Gefährt knapp über dem Boden schweben. Es bewegte sich von ihr weg, so dass das Dröhnen leiser wurde.

Es flog über einer braunen, öligen Flüssigkeit, die sich erst auf dem zweiten Blick als Teil eines Flusses herausstellte. Miramis wunderte sich über die Farbe des Wassers, weil sie noch nie einen so stark verdreckten Fluss gesehen hatte. Erst jetzt fand Miramis Zeit, sich in dieser Welt zu orientieren. Ihr fiel auf, dass es stark nach Abwasser und Müll roch. Als sie sich umsah, stellte sie fest, dass sie sich in einem Hafengebiet befand. Sie erkannte Lagerhallen und Anlegedocks, von den Gebäuden sahen die meisten aber verlassen und heruntergekommen aus. Sie hörte ein Stimmengewirr, das näher kam. Instinktiv versteckte sie sich hinter einem Container.

Dann kam auch schon eine Gruppe von Männern um die Ecke gebogen. Miramis konnte sie aus ihrem Versteck noch nicht sehen, aber sie hörte sie lachen und sich laut lallend unterhalten.
Spontan dachte Miramis, dass dieses eine Gruppe besoffener Matrosen sein musste. Als sie die Männer dann auch von hinten sehen konnte, wurde dieser Eindruck verstärkt, denn alle vier hatten Seesäcke in der einen und eine Flasche in der anderen Hand.
Miramis sah die Sonne nicht, weil der Himmel, der nur aus trübem grauen Dunst bestand, sie verbarg. Da es aber vor einigen Minuten noch heller gewesen war, würde die Sonne bald ganz verschwunden sein. Miramis machte sich jetzt auf den Weg zu einer Straße, weil es für ein Mädchen in ihrem Alter bestimmt nicht sicher war, in einer Gegend wie dieser die Nacht zu verbringen. Schon nach ein paar Minuten entdeckte sie das Zeichen für eine U-Bahnstation. Weil Miramis sich zunehmend beobachtet fühlte, ging sie rasch auf das Zeichen zu und verschwand einige Sekunden später im Untergrund.

An der Station sah es aus wie an den vielen anderen Stationen, die sie kannte: die Wände waren entweder mit irgendwelchen blöden Sprüchen und Zeichnungen beschmiert oder es hingen irgendwelche Werbeplakate an der Wand. Eines dieser Plakate betrachtete sie sich genauer, weil dort ein, wenn auch beschädigtes, Datum zusehen war. Auf dem Plakat stand in blutroter Schrift:

Riesiges

Cyber-Punk-Konzert

##uli 2019.

Miramis war über diese Nachricht mehr als verblüfft: Sie befand sich in der Zukunft. Aber dies war nicht die Zukunft, die sie auf ihrer Reise schon einmal gesehen hatte. Mit einer Gänsehaut dachte sie an dieses nasse Abenteuer im Ozean zurück. Zum Glück hatte sie jetzt festen Boden unter den Füßen.

Sie fand, dass diese U-Bahnstation irgendwie verlassen aussah, nur ein paar Menschen standen an den Gleisen und warteten auf einen Zug. Sie stellte sich ebenfalls näher an die Gleise und überlegte, ob man immer noch für die Fahrt zahlen müsse. Schließlich hatte sie außer ihrem Glücksbringer kein Geld dabei, und ihre Deutsche Mark würde sowieso nicht akzeptiert werden, weil mittlerweile der Euro längst Zahlungsmittel geworden sein müsste. Sie schaute sich nach einem Fahrkartenautomaten um, entdeckte aber keinen. Miramis hörte ein leises Brummen und einen Signalton, und auf einmal fuhr eine stromlinienförmige U-Bahn mit einer enorm hohen Geschwindigkeit ein und blieb eben so schnell stehen. Miramis beobachtet die aussteigenden Leute. Jeder, der aus der Bahn heraus kam, drückte seine Hand auf eine Fläche vor einem Monitor, dann leuchtete eine grüne Lampe auf, und auf dem Bildschirm stand:

> Danke,
> dass Sie diese Bahn benutzt haben.
> Die anfallenden Kosten
> werden von ihrem Konto abgebucht.
> Schönen Tag wünscht Ihnen
> die J-A-G-Transportgesellschaft.

Da nur wenige Türen geöffnet waren, konnten erst jetzt die Leute zusteigen. Miramis war die letzte in ihrer Reihe, sie konnte aber trotzdem sehen, dass auch die Leute, die einstiegen, ihre Hand vorher auf den Scanner

legen mussten. Bei den ersten zwei Personen war dieses auch kein Problem doch bei dem heruntergekommenen Mann vor ihr in der Reihe blinkte auf einmal eine rote Lampe und wenige Sekunden später tauchten zwei bewaffnete und leicht gepanzerte Wachmänner auf. Der Mann wollte noch wegrennen, dann wurde er aber schon mit einer Maschinenpistole bedroht, überlegte es sich noch einmal und hob seine Hände über den Kopf.
Einer der Wachmänner packte ihn und führte ihn ab, der andere Wachmann sagte zu Miramis „Entschuldigen Sie die Störung, aber nur auf diese Art und Weise können wir Ihnen eine sichere Fahrt garantieren. Sie können jetzt aber einsteigen."
Miramis bekam Angst, dass auch bei ihr der Alarm los schlüge, schließlich war sie noch nie in dieser Zeit gewesen. Sie dachte daran, umzudrehen und wegzurennen, aber dann würde der Wachmann sie vielleicht erschießen. Deswegen legte sie zögerlich ihre Hand auf die gekennzeichnete Fläche. Sie wartete darauf, dass die Sirene losging, aber es passierte einige Sekunden gar nichts. Miramis fand das sehr beunruhigend und schaute sich schon

nach anderen Fluchtmöglichkeiten um, als auf einmal die grüne Lampe aufblinkte. Sie ging rasch zu einem noch freien Platz und atmete erst einmal tief durch.
Gerade als sie sich setzte, beschleunigte die Bahn, und Miramis wurde in ihren Sitz gedrückt.
An die Geschwindigkeit hatte sie sich schnell gewöhnt, und sie schaute sich jetzt in Ruhe ein wenig um. Es befanden sich nur wenige Menschen in diesem Abteil, an denen konnte sie aber nichts Ungewöhnliches erkennen, nur die Kleidung sah ein wenig seltsam aus.
Eine Computerstimme ertönte und sagte:
Die nächste Haltestelle ist gleichzeitig die Endstation dieser Linie, deswegen bitten wir alle Fahrgäste, diese Bahn zu verlassen.
Als die Bahn zum Halten gekommen war, stieg Miramis aus. Beim Aussteigen legte sie wieder ihre Hand auf den Scanner, diesmal erschien die Freigabe sofort.
Diese U-Bahnstation machte einen viel besseren Eindruck als die am Hafen. Sie war sauber, ja nahezu steril. Es liefen viele Leute herum, unter denen sich auch einige bewaffnete Wachmänner befanden.

Miramis lief zu einer Rolltreppe, um wieder an die Oberfläche zu gelangen. Als sie oben angekommen war, glaubte sie nicht, was sie dort sah. Sie stand in einer Art Fußgängerzone, in der sich eine Menge Leute befanden. Doch das kannte sie noch aus Berlin. Das Beeindruckende an dem Bild, was sich ihr bot, waren die Gebäude, von denen sie umgeben war. Es waren alles Hochhäuser, die bis weit in den Himmel ragten. Jedes einzelne war viel höher als die, die sie kannte. Miramis fühlte sich in diesem Wald aus Stahl, Glas und Beton winzig, und sie hatte das Gefühl, von den Wolkenkratzern erdrückt zu werden.

Es war taghell, obwohl die Sonne untergegangen war, weil hunderte Reklametafeln die Straßen erhellten. Einige dieser Videotafeln erstreckten sich über ein Dutzend Stockwerke. Auf ihnen wurde für alles und jeden Werbung gemacht. Die meisten Firmennamen hatte sie noch nie gehört, andere kamen ihr aber bekannt vor. Von den Geschäften die sie sah, kannte sie aber keines, bis sie in einiger Entfernung ein großes gelbes m auf rotem Untergrund sah. Bei diesem Anblick meldete

sich ihr Hunger wieder. Sie ging auf dieses Zeichen zu.
Am Schaufenster angekommen studierte sie die Speisekarte, auf der nur so komische Sachen wie Soyaburger standen. Miramis entdeckte kein Gericht, in dem Fleisch enthalten war, und ging dann in den Laden rein.
Im Inneren sah es eigentlich noch aus wie früher, nur irgendwie moderner. Vor den Kassen standen einige Menschen in zwei Reihen. Miramis beobachtete die Menschen beim Bestellen genauer. Erst jetzt fiel ihr auf, dass hinter den Kassen keine Angestellten standen. Die Frau, die jetzt an der Reihe war, sprach einfach in die Kasse, legte dann ihre Hand auf so einen Scanner wie in der U-Bahn, und dann kam auch schon ein Tablett mit ihrer Bestellung angefahren. Miramis stellte sich jetzt auch an, weil sie glaubte, dass man einfach nur mit seinem Handabdruck bezahlen könne.
Als sie an der Reihe war, bestellte sie sich einen großen Soyaburger und dazu etwas, von dem sie glaubte, es sei etwas zu trinken.
Mit der Bezahlung gab es keinerlei Probleme, dann setzte sie sich an einen noch freien Tisch und begann zu essen. Der Soyaburger

schmeckte synthetisch, aber weil sie Hunger hatte, war ihr das egal. Ihr Erfrischungsgetränk schmeckte entfernt nach Limonade, aber es löschte ihren Durst. Nach dem ersten Burger bestellte und aß sie noch zwei weitere und verließ dann satt und zufrieden das Geschäft.

Miramis dachte sich, dass sie sich erst einmal mit neuer Kleidung versorgen könne. Mit dem Bezahlen gab es ja offenbar keine Probleme. Also startete sie eine Einkaufstour und stöberte in den vielen verschiedenen Geschäften. Nach einer Stunde hatte sie eine Tasche voller Sachen, nur noch ein Paar Schuhe fehlte, aber in einem exklusiven Schuhgeschäft entdeckte sie die schönsten Schuhe, die sie je gesehen hatte.

An den Verkäuferinnen und an den Kunden konnte sie erkennen, dass dies ein Geschäft für reiche Leute war. Trotzdem kaufte sie sich das Paar aus dem Schaufenster. Miramis behielt es gleich an , weil es einfach perfekt passte. Jetzt wollte sie nach einem Platz zum Schlafen Ausschau halten, dabei dachte sie an ein Hotel der Luxusklasse, um endlich mal

wieder in einem schönen gemütlichen Bett zu liegen.
Als sie so durch die Gegend lief, fiel ihr eine Frau auf, die von zwei Polizisten abgeführt wurde. Irgendwie kam Miramis diese etwa 40 Jahre alte Frau vertraut vor. Aber sie konnte sie nicht einordnen, deswegen ging sie näher heran, um verstehen zu können, was sie sagte.
„Ich kann Ihnen schwören, dass mein Konto heute Morgen noch gut gefüllt war, und seitdem habe ich keinen Cent ausgegeben. Und ich bin schon einige Wochen nicht mehr in diesem Fastfood-Laden gewesen, deswegen können alle diese Rechnungen nicht echt sein!"
Dann setzten die Polizisten die Frau in ein Auto und fuhren mit ihr fort. Miramis ging weiter, aber sie musste immer noch an die Frau denken, die ihr auf eine seltsame Art und Weise bekannt vorkam. In Gedanken versunken lief Miramis beinahe gegen das Schaufenster eines Juweliers, in dem auch ein Paar Spiegel standen. Als Miramis ihr Gesicht im Spiegel betrachtete, wurde ihr schwindelig, weil sie begriff, wer diese Frau war. Sie war diese Frau, und diese Frau war sie, nur älter. Miramis setzte sich erst einmal

hin, um ihre Gedanken zu ordnen, denn das war eine Sache, die man sich eigentlich nicht vorstellen kann.

Nachdem Miramis sich von dem Schock erholt hatte, begriff sie langsam, was hier vor sich ging. Sie hatte die ganze Zeit das Geld dieser Person, die sie ja eigentlich auch war, ausgegeben, und dadurch ihr zukünftiges Ich in Schwierigkeiten gebracht. Miramis musste zur Polizei, um dieses Missverständnis zu klären. Sie wusste zwar nicht, wie sie das anstellen sollte, aber das würde ihr auf der Wache schon einfallen.

Jetzt hatte Miramis nur noch das Problem, das Polizeirevier zu finden. Weil sie es eilig hatte, sprach sie den nächstbesten Passanten an, der verstand aber gar nichts. Dann griff ein anderer Mann ein und sagte: „Ich kann dir helfen, junges Mädchen, ich bin zufälligerweise auch auf dem Weg dorthin."

Miramis konnte das Gesicht des Mannes nicht erkennen, weil er einen Hut und eine Sonnenbrille trug, aber sie wollte ihn gerne begleiten. So liefen beide los.

Zuerst blieben sie in dieser belebten Fußgängerzone, doch dann bog der Mann in eine Seitengasse ein und sagte, dass dies eine Abkürzung sei. Miramis folgte ihm. Nach nur wenigen Metern änderte sich das Bild der Straße komplett. Eben waren sie noch in einer Einkaufspassage, und jetzt waren sie in einer mit Müllontainern und Dreck übersäten Seitenstraße, die stark an ein amerikanisches Armenviertel im Fernsehen erinnerte. Miramis drehte sich um, weil sie glaubte etwas gehört zu haben. Sie sah noch eine Art Schlagstock auf ihren Kopf zufliegen. Ihr wurde schwarz vor Augen.

Als sie wieder aufwachte, saß sie gefesselt auf einem Stuhl in der Mitte einer Lagerhalle, die nur spärlich beleuchtet war. Ihr Kopf tat höllisch weh, und sie musste eine große Beule haben. Der Mann, der sie in den Hinterhalt gelockt hatte, stand vor ihr und redete jetzt mit ihr: „Wie heißt du? Woher hast du so viel Geld? Wer sind deine Eltern?"

Erst jetzt kam Miramis dazu zu antworten: „Ich reise durch die Zeit und heiße Miramis, und ich habe das Geld von meinem zukünftigen Ich. Sie ist bei der Polizei."

„SCHNAUZE! WILLST DU MICH VERARSCHEN? Siehst du diese Pistole? Dort sind 20 Kugeln drin, mit denen ich deinen Kopf zerlöchern ...“

Auf einmal öffnete sich der Boden vor ihr und Miramis fiel in das schwarze Loch hinein.

Als Miramis diesmal in das „Schwarze Loch" gezogen wurde, war sie sich ziemlich sicher, dass alles den gewohnten Verlauf nehmen würde. Zuerst würde sie in einen koma-ähnlichen Zustand verfallen, einige Zeit in der Dunkelheit schweben und dann irgendwo und zu irgendeiner Zeit auf der Erde landen, um sich den verschiedensten Gefahren auszusetzen.

Doch merkwürdigerweise war sie noch immer bei vollem Bewusstsein, und sie fühlte sich sogar richtig gut. Die Routine nahm ihr jegliche Angst vor dem nächsten Abenteuer, und sie genoss es einfach, in der alles umringenden Dunkelheit zu schweben und abzuwarten. Im Hintergrund konnte man das ruhige und gleichmäßige Rauschen des Meeres hören.

Plötzlich jedoch konnte Miramis direkt vor sich einen kleinen, hellen Punkt ausmachen, der sich nach kurzer Zeit wie eine Art Kinoleinwand vor ihr ausbreitete. Sie war riesig groß und nahm etwa die Hälfte ihres Blick-

feldes ein. Ihre ganze Aufmerksamkeit wurde jetzt von dieser Leinwand in Anspruch genommen.
Auf der Leinwand konnte sie eine mittelalterliche Richtanlage sehen, auf deren Podest ein junges, in Lumpen gehülltes Fräulein stand, welches ihren Blick in die tobende und wilde Horde von Menschen richtete. Miramis war klar, dass es sich nicht um irgendein Fräulein, sondern um ihre eigene Person handelte. Ein Schauer ließ ihr Blut erstarren, sie wusste noch allzu gut, wie dieses Abenteuer geendet hatte. Es war ihr erstes Erlebnis gewesen, und sie erinnerte sich an die laute und tobende Menge, doch da fiel ihr plötzlich auf, dass sie keine Stimmen oder sonst irgendwelche anderen Geräusche hören konnte, sondern weiterhin nur das Plätschern der Wellen und das Rauschen von Palmwedeln, die vom Winde hin und her bewegt wurden.
Es war wie die schönste Musik, die sie je gehört hatte, und sie fühlte sich augenblicklich so frei und vollkommen, wie nie zuvor in ihrem Leben. Am liebsten wäre sie jetzt jahrelang so schwerelos durch die Dunkelheit geflogen, um dem Meer zu lauschen und einfach

frei zu sein. Doch die gigantische Leinwand zwang sie zum Hinschauen.
Miramis konnte nun beobachten, wie der große bärtige Mann, den sie noch gut in Erinnerung hatte, zum Podest lief, um ihr den Hocker unter den Füßen wegzutreten, als dort plötzlich ein kleines Männchen erschien und die Menge fragte, wie es hieße. Als ein eben eingetroffener Indianer mit bunter Gesichtsbemalung und Kopfschmuck „Rumpelstilzchen" antwortete, stampfte dieses solange auf dem Podest herum, bis es einstürzte. Im Hintergrund sah sie nun eine Horde ägyptischer Sklaven und Arbeiter, die gerade damit beschäftigt waren, mit großen Steinen nach einer auf der Freiheitsstatue sitzenden Katze zu werfen. Auch einige Geschworene konnte sie jetzt sehen. Die eine Hälfte war asiatisch, was man ganz deutlich an ihrem Aussehen festmachen konnte, und die andere Hälfte ostfriesisch, was man sehr gut an einem lautstarken „Moin" zur Begrüßung erkennen konnte. Diese Geschworenen waren gerade dabei, die halbe Innenstadt Schanghais aufzukaufen, weil sie dafür lediglich ihre Handflächen auf einen Metalldetektor legen mussten.

Es ging jetzt alles durcheinander, und Miramis wollte ihre Aufmerksamkeit von der Leinwand abwenden, doch es gelang ihr nicht. Im Gegenteil, das Szenario wurde immer verrückter, denn sie konnte gerade beobachten, wie ein gelber Linienbus mit der Nummer 28 vier lebende Verkehrsschilder über den Haufen heizte und dabei in einen nebenliegenden Penny-Markt geschleudert wurde. Die Passagiere, bestehend aus einer Horde Affenmenschen, stiegen jetzt völlig benebelt aus dem Bus und fuchtelten mit Sturmfeuerzeugen vor der Nase des Busfahrers herum, weil sie diesen für das Missgeschick verantwortlich machten. Der Busfahrer, ein Bilderbuch-Seemann mit Vollbart, langen Haaren und einem dicken Bauch beteuerte daraufhin seine Unschuld und lud die Affenmenschen als Entschädigung in den Zirkus ein, der sein Zelt neben der Tower-Bridge am Ufer der Themse aufgeschlagen hatte. Doch anstatt des Theaterstücks „Effi Briest" konnte man hier lediglich mehrere große Ekel erregende Kreaturen mit riesigen Klauen und Schwingen an den Schultern bestaunen, die gerade ein Stück

über Elfen, Orks und andere Fantasy-Gestalten aufführten.
Miramis konnte nicht glauben, was sich da vor ihren Augen abspielte, und sie fragte sich immer wieder, in was für einer Welt sie da bloß gelandet sei, doch eine baldige Antwort auf diese Frage schien nicht in Sicht zu sein, - denn zu welcher Zeit war alles auf der Erde schwarz? Und zu welcher Zeit spielten sich menschliche Erlebnisse und Handlungen auf großen Leinwänden ab mit dem Rauschen des Meeres und der Palmwedel im Hintergrund?
Bevor sie auch nur annähernd eine Antwort auf ihre Fragen gefunden hatte, wurde ihr Augenmerk erneut auf die Leinwand fixiert. Diesmal konnte sie allerdings statt eines wilden Durcheinanders aller Abenteuer etwas viel Schrecklicheres sehen: Viel schrecklicher als alles andere, was sie je zuvor gesehen hatte und miterleben musste. Sie sah, wie sich ihre eigene Mutter circa zwei Meter über ihrem Grab erstochen hatte. Jetzt plötzlich wurde ihr klar, wo sie damals so lange gelegen hatte. Es war in einem Grab gewesen. Doch warum hatte sich ihre Mutter erstochen?

Miramis war doch gar nicht tot gewesen. In ihr kam jetzt ein Gefühl der Verzweiflung auf, denn ihr war klar, dass während ihrer Abwesenheit von zuhause einiges passiert sein musste. Wie lange war sie bis jetzt überhaupt schon weg gewesen ? Sie wurde von einem Gefühl ins nächste geschleudert, plötzlich hatte sie wahnsinnige Sehnsucht nach ihrer Familie, ihren Freunden und überhaupt ihrer Heimat. Voller Panik starrte sie wieder auf die Leinwand. Sie musste mehr über ihre Familie erfahren. Doch die Leinwand war weg. Sie war nur noch ein kleiner, weißer Punkt am Horizont.
Viele Fragen schwirrten ihr jetzt im Kopf herum. Was war ihrer Familie zugestoßen ? Hatte sie wirklich einen Stiefbruder oder war das keine Wirklichkeit gewesen ? Sie hatte ihn seit der Märchenwelt nicht wieder gesehen, doch eins hatte sie sich geschworen: Wenn sie eines Tages wieder zu Hause wäre, würde sie alles tun, um in Erfahrung zu bringen, ob sie einen Bruder hatte. Diese und viele andere Antworten schienen ihr vorerst jedoch vorenthalten zu bleiben.

Wieder frage sie sich, wo sie eigentlich sei, denn wo kann ein Mensch Erlebnisse und Ereignisse über sich selbst aus einem anderen Blickwinkel betrachten? Miramis musste lange überlegen, bis ihr einfiel, dass so etwas nur in einem Traum möglich sei. Doch das konnte auch nicht sein, weil sie sich in einem Traum keine weiterführenden Gedanken über ihr Leben machen könnte, und außerdem wäre sie sich dann ihrer Situation auch nicht bewusst. Miramis war der Verzweiflung nahe, wohin konnte sie das Schicksal geführt haben? In Gedanken vertieft geriet sie anschließend erst in eine Trance und dann in einen komaähnlichen Zustand.

Es waren die Sonnenstrahlen, die ein Funkeln in ihren Augen aufblitzen ließen und Miramis aus dem Schlaf rissen. Etwas benommen wachte sie auf und registrierte sofort, dass sie sich an einem wunderschönen Sandstrand aufhielt. Sie musste hier bereits länger gelegen haben, da sie von einem Sandberg begraben war, den der Wind bestimmt nicht in einer halben Stunde aufgeschüttet hatte. Nachdem sie sich befreit hatte, lief sie hinunter zum Wasser, um sich ein wenig in die Brandung zu legen. Sie fühlte sich sehr derckig, und sie konnte sich nicht mehr daran erinnern, wann sie sich überhaupt das letzte Mal gewaschen hatte. Das Meer war wunderschön. Es schimmerte in vielen Farben und noch immer strahlten die gleichmäßig dahinplätschernden Wellen eine äußerst beruhigende und vollkommene Atmosphäre aus. Da erinnerte sie sich plötzlich an ihr letztes Erlebnis. Sie konnte sich an alle Einzelheiten erinnern. Es war so zwiespältig gewesen, denn auf der einen Seite konnte sie wunderschöne Ereignisse erneut hautnah miterleben, aber auf der anderen Seite musste sie schreckliche Erfahrungen neu verarbeiten, wobei sie sofort wieder an ihre Mutter dachte.

Auf einmal wurde Miramis klar, wo sie sich in ihrem letzten Abenteuer befunden hatte. Es war in ihrer eigenen Gedankenwelt gewesen. Ja, sie war sich ganz sicher, denn das würde alles erklären.

Gerade als sie diesen Gedanken gefasst hatte, fing sie stark an zu husten, weil eine unerwartet hohe Welle ihre Nasennebenhöhlen mit Salzwasser gefüllt hatte. Miramis rappel-

te sich auf und ging zurück zu ihrem Schlafplatz, um unter den Palmen Schatten zu suchen, denn die Sonne strahlte eine unerträgliche Hitze aus.
Miramis schaute an sich herunter. Sie war dünner als sonst, und überhaupt kam es ihr nicht so vor, als ob sie in ihrem eigenen Körper stecken würde. Was war aus ihr geworden? Sie war immer ein ganz normales Mädchen gewesen, das von ihren Klassenkameraden häufig sogar als Mitläuferin dargestellt wurde. Sie wusste immer, dass sie nichts Besonderes war, doch jetzt war sie es. Sie war sogar etwas ganz Besonderes. Vielleicht war sie sogar der einzige Mensch auf Erden, der so eine Reise miterleben durfte. Miramis merkte plötzlich, wie sich ihr Selbstbewusstsein bis in die Ohrenspitzen breit machte. Sie wollte noch mehr erleben und ihre eintönige und schwierige Kindheit hinter sich lassen. Sie hatte auch keine Angst mehr vor den schrecklichen Dingen, die ihr bei jedem der vergangenen Abenteuer widerfahren waren. Außerdem war ja immer alles gut gegangen und so sollte es auch bleiben. Auf einmal war sie sogar richtig neugierig auf das nächste

Abenteuer, und somit beschloss sie, die Gegend zu erkunden, denn vom Herumsitzen würde sie bestimmt nicht ins nächste Problem gezogen werden. Sofort sprang sie auf, um ein wenig die Küste entlang zu laufen.

Die Gegend schien eigentlich sehr verlassen zu sein, doch vielleicht würde sie einige Buchten weiter ja auch auf eine Beach-Party stoßen und einige andere Leute kennen lernen.

Nachdem sie mittlerweile über eine Stunde gewandert war, hatte sie die Hoffnung mit der Beach-Party längst aufgegeben. Sie wäre schon froh gewesen, wenn sie in diesem Moment nur einen anderen Menschen getroffen hätte, doch auch diese Hoffnung war schnell zerstört, denn sie war wieder bei der Palme angekommen, von der aus sie ihre Besichtigung gestartet hatte. Sie war also einmal im Kreis gelaufen.

Es war nur gut, dass Miramis mit der Zeit so routiniert und erwachsen geworden war, dass sie jetzt nicht die Beherrschung verlor. Sie überlegte nun, welche Ursache dieses plötzliche Verschwinden aus den verschiedenen Welten haben konnte, aber auch das schien einigermaßen zwecklos zu sein. Da fiel ihr plötzlich auf, dass ihr Schlafplatz von Muscheln umkreist war. Eigentlich war sie sich ziemlich sicher, dass dort vorhin keine Muscheln gelegen hatten und das würde bedeuten, dass hier irgendein menschliches Wesen für die Muschelkonstruktion verantwortlich gewesen sein musste. Miramis schaute sich den Kreis genauer an.

Irgendetwas zog sie magisch an.

Doch warum? Es war doch nur ein runder, aus Muscheln konstruierter Kreis.

Für Miramis hatte der Kreis allerdings eine Bedeutung. Sie wusste zwar nicht, wie sie darauf kam, aber es war die Funktion einer Zahl, einer ganz bestimmen Zahl, einer kreisrunden Ziffer.

Zur selben Zeit saß ihre Oma Hertha auf dem Dachboden ihres Hauses in Berlin. Sie hatte es gerade geschafft, sich heimlich aus der Umgebung ihres Mannes zu befreien. Schon drei Tage lang, seit dem letzten Samstag, dem 12. Juli und gleichzeitig dem 18. Geburtstag ihrer Enkelin, hatte sie immer nur an Miramis gedacht.

Sie wusste genau, was diese momentan durchmachte.

„Wo sie wohl überall hingereist ist?" dachte sie und erinnerte sich dabei an ihre eigenen Abenteuer. „Es war verrückt, drei reelle Tage war ich unterwegs, und es kam mir damals wie eine Ewigkeit vor. Ich hatte das Roulette natürlich ebenfalls zu meinem 18. Geburtstag von meiner Oma bekommen. Jede zweite Generation unsere Familie ist dafür bestimmt, diese Reise zu machen und niemals mit irgendjemandem darüber zu sprechen. Wenn meine Enkelin zurückkommt, muss die Vorgängerin, in diesem Fall meine Wenigkeit, sterben, damit immer nur ein Mensch auf der Erde existiert, der dieses Geheimnis kennt. Trotzdem hoffe ich, dass auch meine Enkelin bald unversehrt zurückkehrt, weil es die Tradition so will."

Zu diesem Anlass war sie auf den Dachboden geklettert.

Nur sie wusste, wie man Miramis zurückholen konnte:

Man muss die Zahl Null des Roulettespieles treffen. Allerdings sollte man erwähnen, dass das Roulette nicht gedreht, sondern durch einen der Heldin nicht bewussten, versteckten Auslöser in Gang gesetzt wird.

Darum wollte die Oma jetzt in einer ruhigen Stunde ein telepathische Beziehung zu Miramis aufbauen, um ihr die Null ganz deutlich ins Bewusstsein zu rufen.

„Hoffentlich wird es klappen," dachte sie noch ...

Anmerkung zu 10:

Zum Verständnis dieser Geschichte sind folgende Punkte relevant: Bei der Transaktion des letzten Abenteuers ist ein Fehler unterlaufen. Ein Fehler, der verheerende Folgen für unsere Heroine hervor rief. Die auslösende Rouletteziffer wurde kurz vor der Transaktion reflektiert, so dass lediglich das Spiegelbild sichtbar wurde. Somit wurde aus der 28 die 85, eine Zahl, die außerhalb der Rouletteziffern lag.
Die Konsequenz war, dass Miramis in eine andere Dimension geriet.
Als nun jedoch in meiner Geschichte die 28 fiel, gelangte sie wieder zurück in ihren eigentlichen Körper. Die Zurückverwandlung erfolgte jedoch zu dem Zeitpunkt, als Miramis bereits an den Folgen eines Unfalles verstorben war. Sie war also lebendig in ihrem Todessarg vergraben.
Das gesprochene „Gebet" der Mutter kurz vor ihrem Tod ist ursprünglich ein Gedicht von Manuela Patrzykat mit dem Titel „Finsternis" (und ist nachzulesen in der Dezember-98-Ausgabe von ORKUS).

Inhalt